文春文庫

偽小籐次

酔いどれ小籐次（十一）決定版

佐伯泰英

文藝春秋

目次

主な登場人物

赤目《あかめ》小籐《ことうじ》次　元豊後森藩江戸下屋敷の厩番。藩主の恥辱を雪ぐため藩を辞し、大名四家の大名行列を襲って御鑓先を奪い取る騒ぎを起こす（御鑓拝借）。来島水軍流の達人にして、無類の酒好き

赤目駿太郎　刺客・須藤平八郎に託され、小籐次の子となった赤子

おりょう　大身旗本水野監物家奥女中。小籐次の想い人

久留《くる》島通嘉《しまみちひろ》　豊後森藩藩主

高堂伍平　豊後森藩江戸下屋敷用人。小籐次の元上司

久慈屋昌右衛門　芝口橋北詰めに店を構える紙問屋の主

観右衛門　久慈屋の大番頭

おやえ　久慈屋のひとり娘

浩介　久慈屋の手代。おやえとの結婚が決まる

国三　久慈屋の小僧

秀次　南町奉行所の岡っ引き。難波橋の親分

新兵衛　久慈屋の家作である長屋の差配だったが惚けが進んでいる

お麻　新兵衛の娘。亭主は錺職人の桂三郎、娘はお夕

勝五郎　新兵衛長屋に暮らす、小籐次の隣人。読売屋の下請け版木職人。女房はおきみ

空蔵《そらぞう》　読売屋の書き方。通称「ほら蔵」

うづ　平井村から舟で深川蛤町裏河岸に通う野菜売り

梅五郎　駒形堂界隈の畳屋・備前屋の隠居。息子は神太郎

万作　深川黒江町の曲物師の親方。息子は太郎吉

美造《よしぞう》　深川蛤町の蕎麦屋・竹藪蕎麦の親方。息子は縞太郎

伊丹唐之丞　肥前小城藩家中

偽小籐次

酔いどれ小籐次(十一)決定版

第一章　掛取り

一

江戸の町に衝撃が走った。

幕府は米価の調整機関としてきた伊勢町米会所《いせちょうこめかいしょ》、ならびに三橋会所《さんきょうかいしょ》を廃止し、この両機関を仕切ってきた豪商杉本茂十郎《すぎもともじゅうろう》を追放した。

杉本茂十郎は、町年寄樽屋与左衛門《たるやよざえもん》の後ろ盾で伸《の》し上がったが、この樽屋与左衛門、五年前に公金の使い込みの罪で自裁して果てていた。その後も、杉本茂十郎は実権を揮《ふる》ってきたが、ついに三橋会所と伊勢町米会所を潰し、杉本茂十郎を追放する決断を幕府がなした。

江戸庶民にとって、豪商杉本茂十郎は雲の上の存在であった。

杉本が支配してきた三橋会所や米会所が取り潰《つぶ》しになろうと、当の本人が追放されようと、なんの痛みもないが米価が高騰することには差し障りがあった。

文政二年（一八一九）夏のことだ。

その朝、赤目小籐次《あかめことうじ》は朝寝を駿太郎《しゅんたろう》とともに楽しんでいた。

深川蛤町《はまぐりちょう》裏河岸の竹藪蕎麦《たけやぶそば》の倅縞太郎《せがれ》と深川新石場の女郎だったおきょうの仲人をなんとか務め終えた小籐次は、その翌日からせっせと得意先を廻って研ぎ仕事に精を出した。そこで久しぶりに休みを取り、朝寝を楽しんでいた。すると駿太郎が目を覚まして泣き出し、致し方なく厠《かわや》に連れていった。

かあっ

と燃えるような夏の日差しが新兵衛長屋に落ちて地面に濃い影を投げていた。

井戸端では版木職人の勝五郎と女房のおきみらがいて何事か声高《こわだか》に談笑していた。

「本日も暑くなりそうな天気でござるな。洗濯物がよう乾こう」

厠に向いながら小籐次が声をかけ、勝五郎が、

「酔いどれの旦那《だんな》、そんな呑気《のんき》なことを言っている場合じゃないぜ」

と言い返したが、まずは駿太郎の小便が先だ。

駿太郎に用を足させ、ついでに自分も長々と小便をして壮快な気分で井戸端に戻った。

「勝五郎どの、なにが起こったか存ぜぬが、われら、二度寝を致す」

「酔いどれの旦那、いくら裏長屋暮らしだってよ、世間様の動きくらい知っといたほうがいいぜ」

仕事柄、勝五郎は江戸の情報に精通していた。

「なんぞあったか」

「米会所の頭取の杉本茂十郎が役を追われたとよ」

「それはまたお気の毒に」

「それだけかえ」

拍子抜けした感じで勝五郎が言い返した。

「あれだけのお方が失脚されたということは、それなりに事情があってのこと。致し方あるまい」

と小籐次が応じて、

「それにしてもなぜ追われたな」

と一応聞き返した。

「借金ということはあるめえ。御城近くに大きな屋敷があるんだ。店賃《たなちん》を溜《た》めてたってこともないな」

「勝五郎どの、しっかりなされ。われらのような身分ではないのだ。店賃の督促くらいで役を追われるようなことをするものか」

「なら女かねえ」

情報通の勝五郎の話は断片的だ。

急ぎ仕事の場合、版木を何人かの職人に分けて仕事を競わせた。ために勝五郎は自分が受け持った分の情報しか知らなかった。

こたびの一件も、なんとなく尻窄《しりすぼ》まりに話が終わった。

そのときはもう小籐次の眠気も消えて、腹を減らした駿太郎が、

「じいじい、あばあば」

と言い出した。

木戸口で新兵衛の世話をしていたお夕が井戸端に走ってきて、

「赤目様、駿太郎ちゃんをうちに連れていって、なにか食べさせるわ」

小籐次の手から駿太郎を受け取った。

洗った樽《たる》が逆さに干してあったところに腰を下ろした勝五郎が、

「旦那、朝風呂でも行くかえ。そしたら米会所の一件も少しははっきりしようじゃないか」

と言い出した。

「朝風呂か、悪くないな」

小籐次は無精髭《ぶしょうひげ》が伸びた顎《あご》を撫《な》でながら、

(帰りに床屋に立ち寄り、男前を上げるか)

などと考えた。すると、木戸口にばたばたと草履《ぞうり》の音がして、

「新兵衛さん、ままごと遊びですか。いいな、呑気で」

と小僧の国三《くにぞう》の声がし、木戸口に姿を見せた。そして、井戸端を振り返った国三が、

「あっ、いたいた」

と言うと、どぶ板を踏んで井戸端にやってきた。

東海道芝口橋際の角地で紙問屋を営む久慈屋《くじや》の小僧の脛《すね》が、お仕着せからにゅっと伸びていた。また一段と背が伸びたようだと小籐次は考えながら、

「国三さん、大番頭どのがお呼びか」

「へえっ、あたり」

と応じた国三が、

「いえ、研ぎ仕事ではございません。手の空《す》いたときにお顔を出して下さいとの言付けです」

「勝五郎さんと湯屋に行くかなどと話していたところじゃ。多忙の身ではない。国三さん、この髭面《ひげづら》でよければ同道しよう」

小籐次はおきみらが朝餉《あさげ》の後片付けをする傍《かたわ》らで桶《おけ》に水を張り、洗面すると濡《ぬ》れた手で蓬髪《ほうはつ》を撫で付けた。

「これでよし」

「酔っぱらいの旦那の仕度《したく》は早いね。ちょちょちょだよ」

「おきみさんや、わしは吉原の花魁《おいらん》ではないからのう。鏡の前に片肌脱いで白粉《おしろい》べたべたと塗るわけでもなし、時は要らぬ」

「ふーん、花魁と酔いどれ様の面を一緒にされたんじゃ、吉原に行く興が殺《そ》がれるぜ。旦那の顔は壁土塗りたくったって、もくず蟹《がに》の面に変わりはねえよ」

勝五郎が合いの手を入れて、

「独りだけで湯屋に行くのも面倒だ。おれも面でも洗おう」

と空樽から立ち上がった。

小籐次は自分の部屋に戻ると寝巻の古浴衣《ゆかた》を脱ぎ捨て、襟元《えりもと》がだいぶ毛羽立った単衣《ひとえ》に、これまた繕《つくろ》いの跡が見える袴《はかま》を穿《は》き、脇差《わきざし》を差し、次直《つぐなお》を手にした。

（さて、駿太郎をどうしたものか）

小籐次の思案は自然にそこへ行った。まずはおしめを風呂敷に包み、狭い土間に下りると、次直を脇差の傍らに落ち着け、破れ笠を被《かぶ》った。その笠には小籐次が作った竹とんぼが差し込んであった。

風呂敷包みを下げて敷居を跨《また》ぐと、

「出かけて参る」

と井戸端に声をかけた。

「駿太郎ちゃんを連れていく気かえ」

「お麻さんのところに参り、その次第でどうするか決めよう」

「久慈屋の大番頭さんはお暇の節と言ったようだが、どうせ御用に決まってらあ。長屋に置いていきなよ。女たちが世話をするよ」

勝五郎が再び腰を落ち着けた空樽から無責任なことを言った。

頷《うなず》き返した小籐次は井戸端に背を向けた。

長屋の木戸口に蓆《むしろ》が敷かれ、大家の新兵衛が旦那然と座し、竹で作った器を、

抹茶茶碗でも持つ体《てい》で両手に抱え、茶を喫する真似《まね》をして、

「甘露にございますな」

と、居もしない相手に話し掛けていた。

「新兵衛さん、よいお日和《ひより》じゃな」

小籐次の掛けた言葉に新兵衛が振り向き、

「どなたかは存じませぬが、生憎《あいにく》の土砂降り、わが門前の軒下で休んでいかれませぬか」

と応じた。

「おうおう、新兵衛さんが雨と申されれば、晴れていようと雨模様。破れ笠で雨を避《よ》けながら参りますぞ」

「ほんにおかしなお方じゃな。かような雲ひとつない天気を雨模様とは。おまえ様、お医師にお頭《つむ》を診《み》てもらったほうがようございますよ」

新兵衛が小籐次を窘《たしな》めるように言うのへ、

「どちらが頭の螺子《ねじ》が弛《ゆる》んだのか、分らぬな」

と小籐次は独り言を言いながら、呆《ぼ》けのきた父親の新兵衛に代わって長屋四軒を差配するお麻の家の玄関に立った。すると、中からご機嫌の様子の駿太郎の声

が聞こえてきた。

「お麻さん、駿太郎が面倒をかけておる。久慈屋どのに呼ばれたのじゃが、どうしたものかのう」

すると、お麻の亭主の錺《かざり》職人の桂三郎が、玄関脇の板の間の仕事場から顔を覗《のぞ》かせた。その手には小さな金槌《かなづち》があって、銀板を平らに伸ばしている最中のようだった。

「赤目様、駿太郎ちゃんはうちでお預かりしておきます。まずは久慈屋にお出《い》でなせえ」

と言ってくれた。

「お言葉に甘えていいかのう。ならば、むつきはここに置いておこう」

小籐次は風呂敷包みを上がり框《がまち》に置くと新兵衛長屋を後にした。

小僧の国三は、日陰に身をよけて小籐次を待っていた。

「国三さんや、もはやそれがしの身丈《みたけ》を超えたようじゃな」

「赤目様はどれほどございますか」

「若い頃は爪先立《つまさきだ》ちをしてな、五尺一寸と称していたが、もうこの年だ。段々縮んで五尺そこそこかのう」

「ならば私と同じ丈です」

と国三が嬉《うれ》しそうに破顔した。

一晩眠っただけで一寸二寸と伸びる年頃だ。それがまた嬉しくて堪《たま》らない年齢でもあった。

「来年の正月にはそなたから見下ろされておるか。老いたり、酔いどれ小籐次」

肩を並べた二人は、日陰を伝い、久慈屋に向った。

「大番頭さんの御用はなにか、国三さんに見当はつくかのう」

「難波橋《なにわばし》の親分さんが見えたわけではなし、ひょっとしたら奥の御用かもしれません」

と国三が小首を傾《かし》げた。

日本橋を出立《しゅったつ》して東海道を行く旅人が次に渡るのが京橋、そして三番目が芝口橋だ。この芝口橋界隈《かいわい》まで、

「公方様《くぼうさま》の御城近く」

の身内意識が強い。その芝口橋に読売屋が立ち、大勢の客が競い合うように読売を買っていた。

「なんぞ出来《しゅったい》したか」

「あれ、赤目様は知らないんですか」

「なにをじゃな」

「だから、伊勢町の米会所が潰れたんですよ」

「米会所とは伊勢町にあったのか」

「嫌だな、貧乏人はこれだもの」

「国三さんや、いかにもわしは貧乏浪人にござる。駿太郎と二人、三度三度と言いたいが、一日二度ほどまんまを口にできればそれで満足でな。会所で米の値段を上げ下げして利を稼ぐ気はないでな」

「米会所ってそんなとこですか」

小僧の国三の知識も小籐次とおっつかっつだった。

「ほれほれ、押さねえ押さねえ。奪い合いをしなくたって、読売は逃げはしねえよ」

と読売屋が殺到する客を捌《さば》く前を通り過ぎ、久慈屋の店頭に立った。

「おや、お早いお着きにございますな」

久慈屋の大番頭の観右衛門《かんえもん》は大勢の奉公人が客と応対するのに睨《にら》みを利かせていたが、目敏《めざと》く小籐次の姿を目に留めて言った。

「早すぎて迷惑であったかな。今日一日、なんとのうのんびりしようと惰眠を貪《むさぼ》っていたところで、用事とてないで小僧さんに従ってきた」

「お休みでしたか。それは気の毒にございましたな」

「なんぞ御用と伺っておりますが」

「赤目様がお見えになるのは、早くて夕刻と考えておりました。ちと予定を変えますかな」

観右衛門は小籐次の伸びきった頭と無精髭を見た。

「やはり、これでは御用の役に立たぬかな」

小籐次は顎を片手で撫でた。

「こう致しましょうか。赤目様は町内の鶴亀床に行ってらっしゃい。さっぱりしてお帰りになる頃合、私も仕度を終えております。早昼を食して出かけましょうか」

「心得た」

赤目小籐次はその足で、東海道の東側にある金六町の床屋に向った。金六町の中ほどに腰高障子《こしだかしょうじ》に鶴と亀が描かれた床屋があった。縁起のいい屋号の床屋には結構大勢の客がいて、喧々囂々《けんけんごうごう》何事か喋《しゃべ》り合っていた。

「おや、酔いどれの旦那、うちにくるなんて珍しいな。急ぎかえ」

と剃刀《かみそり》を持った親方の亀吉が小籐次を見た。

「ただ今、久慈屋の大番頭どのに呼ばれてお店《たな》に参上致したが、このむさい頭ではお供も憚《はばか》られるようでな、さっぱりしてこいと命じられたのだ。わしはこちらは初めてにござる」

「初めてにござるか。御鑓拝借《おやりはいしやく》の赤目小籐次様が久慈屋の御用でうちにこられたんだ。ほれ、安公、場所を変えて下手な将棋でも眺めてな」

「親方、月代《さかやき》を途中にして、それはないぜ」

「黙れ、安公。てめえの首、酔いどれ様に頼んで他人のものと挿《す》げ替《か》えてもらおうか。いいか、よく聞け、三橋会所の杉本茂十郎が追放されたなんて、わっしら貧乏人には関わりのねえ話じゃねえか。酔いどれ様はな、千代田の御城で恥を掻《か》かされたお殿様に成り代わり、独りで肥前小城《おぎ》藩をはじめ、四家の大名行列に突っ込み、御鑓先を斬り落として恨みを晴らされた武勇の士だぞ。その赤目様が火急の御用とおっしゃってるんだ。てめえの南瓜《かぼちゃ》頭なんぞと比べものになるものか」

親方が啖呵《たんか》を切ると、安公はすごすごと場を明け渡し、へぼ将棋が行われている畳二枚ほどの広さの板の間に移動した。

「親方、それでは余りにも安公どのに気の毒じゃ」

「なあに、安公はあとでたっぷり残った毛を毟《むし》りとってやりまさあ。ささっ、こちらにお座りなさい」

小籐次は込み合った鶴亀床でいきなり番になった。

「親方、わしの頭はどなたもが手を焼く大頭の上に天辺《てっぺん》がへこんだ、俗にいうお鉢頭にござってな。どこに参っても床屋の親方に迷惑をかけておる」

「ほうほう」

と小籐次の頭を真上から覗き込んだ亀吉親方が、

「たしかに面倒な頭にございますな。安公の月代を剃《そ》りかけた剃刀では無理だな。ちょいと剃刀に研ぎを掛けますんでお待ちなせえ」

と商売道具の砥石《といし》を出した。

「親方、その研ぎ、わしが致そう」

「えっ、赤目様が。そういえばおまえ様が、久慈屋の店先で研ぎ仕事をしているのを見かけたことがあらあ。客に剃刀を預けるなんぞ、あっちゃならないことだが、ものは試しだ。いいかね」

「大事なお道具ゆえ、丁寧《ていねい》に研がせてもらおう」

小籐次は使い込んだ仕上げ砥の表面を水で濡らし、静かに刃を置くと、ゆったりと研ぎ始めた。

「ふーむ」

と亀吉親方が唸《うな》った。

「てめえら、へぼ将棋なんぞしてねえで、酔いどれ様の手元を見てみな。おれの剃刀が砥石に吸い付いて滑っていくぜ」

親方の声に、

「どれどれ」

と覗き込みにきた安公らが黙り込んだ。鶴亀床の客の大半が職人だ。直《す》ぐに小籐次の手の動きを見て、

「こいつは並じゃねえ」

と感じ入ったのだ。

小籐次は親方たちに見守られながら剃刀を研ぎ上げた。

「親方、これでいかがかな」

黙って受け取った亀吉が自分の二の腕に剃刀をあてて、すいっと引いた。そし

て、思わず唸った。

「どうなされた」

「おれの剃刀じゃねえようだ。名人の研ぎとは、普段遣いの刃までこうも変えるものですかえ」

「では、頼もうか」

小籐次は客になって頭を亀吉に差し出した。

二

昼餉の膳《ぜん》の前に座った小籐次の目の前に丼《どんぶり》が置かれた。久慈屋の台所を仕切るおまつが小籐次の顔を覗き込み、

(どうだね)

という顔をした。

丼から湯気が上がっていた。剝《む》き身《み》の浅蜊《あさり》の載った丼だ。

「酔いどれ様は初めてじゃったな。この前からうちで深川丼を見よう見真似で作り、膳に供したがさ、あんまり評判がよくなかったな」

「深川丼とはまたなんだな」

「漁師が舟の上で食べるぶっかけ飯ですよ。浅蜊やらいろんな野菜の具を味噌仕立てで煮込んで飯の上にかけ回して、あつあつのところを一気に啜《すす》り込む丼飯だ。深川を回るくせに知らねえか」

「おお、言われて思い出した。黒江町でよばれたことがある」

「漁師が仕事の合間にかっ込む深川丼は、味噌仕立てのせいか、どうも味がぴりりとしないでな、時がたつと味がへたってくる。番頭さん方も猫飯を食しているようで嫌だと申されるでな、わたしゃ意地になって、あれこれと考えたのさ。浅蜊だけをあっさりとした醬油味の甘だれで煮てあつあつのご飯に載せてさ、このように青葱《あおねぎ》を散らし、最後に山椒《さんしょ》をかけて食べると、なかなか美味《うま》い浅蜊飯ができ上がった。奉公人にも奥にも評判でね、まんずまんず酔いどれ様も試してみねえだか」

と最後は在所訛《なま》りでおまつが勧めた。

「おまつさん自慢の浅蜊飯だか、頂戴《ちようだい》すべえ」

とこちらも在所訛りで応《こた》え、箸《はし》を取り上げて合掌した小籐次の目の前で、おまつが山椒の粉を振り掛けた。

山椒の香が鼻をついて、朝からなにも食していない小籐次の胃の腑《ふ》が、くうっ、と鳴った。

丼を抱えると、浅蜊を載せた飯にもたれが掛かっているのが分った。

一口食した小籐次の舌に浅蜊の甘辛い味と飯がなんとも絶妙で、

「おまつさん、これは絶品かな。美味じゃぞ」

「そうか」

と満足げに頷いたおまつが、

「タネを明かせばさ、鰻《うなぎ》屋の真似を浅蜊でしただけだ」

「ほう、蒲焼《かばやき》の真似をな。じゃが、浅蜊でそれをやったところが味噌じゃな。いや、醤油か」

小籐次は分らぬことを言いながら、二口三口と搔っ込み、

「美味い、これは絶品」

とまた叫んだ。そこへ大番頭の観右衛門が姿を見せて、

「おや、おまつの浅蜊飯を食べさせられておられますな」

「観右衛門どの、初めての味にござる」

おまつが清《す》まし汁と大根の浅漬けを小籐次の膳に供した。

「青葱を添えましたか。また工夫したようですね」

観右衛門の膳にもおまつの浅蜊飯が出てきた。

「最後に一つ、なんぞ足りないような、あれこれ加えすぎたような気がしましてね。未《ま》だ思案中ですよ」

おまつが言う。

「まだなんぞ足りませぬか」

「仕事の合間に食する丼飯としては、これで上等と思えます。ですが、奥の旦那様方に出すには今一つでしょうかね」

小籐次の頭に閃《ひらめ》いた。

「おまつさん、浅草海苔《のり》を軽くあぶって手で揉《も》んで振り掛けるのはどうじゃな」

「ほう、海苔ね」

おまつが二人の前から姿を消すと、直ぐに海苔をあぶって持ってきた。

「大番頭さん、かけてみますか」

「試してみよう」

おまつが観右衛門と、食いかけの小籐次の丼の上に手もみした海苔を散らした。

新たな磯の香が二人の鼻腔を突き、

「これはひょっとしますよ」

と観右衛門が箸をつけて一口頰張《ほおば》り、

「上品な味に仕上がりました」

と認めた。小籐次も海苔が加えられた浅蜊飯を食べて、

「ふむふむ、贅沢《ぜいたく》すぎて舌がとろけそうじゃ」

と唸った。

「こりゃ、なんぞ名前が要りますな。ただの浅蜊飯では工夫が足りませぬぞ」

「久慈屋の名物ゆえ、久慈丼か。いや、おまつさんの名を冠して久慈おまつ飯か」

「嫌ですよ。人様の真似をしただけで名を付けられたんじゃ、皆様に供せられませんよ」

「となると、浅草海苔と浅蜊の剝き身、どちらも大川筋の産。大川浅蜊飯ではどうじゃ」

「大川浅蜊飯ね。屋台で売り出せば、四十文はお代がとれますぞ」

観右衛門の頭で算盤玉《そろばんだま》が動いた。

小籐次は清まし汁と大根の浅漬けで丼の底に残った一粒まで食し、大いに満足

した。

「これで大番頭どのの御用が勤まりそうじゃ。おまつさん、馳走《ちそう》であった」

と礼を言う小籐次に茶が供され、舌に残ったたれを茶が爽《さわ》やかに流してくれた。

観右衛門は小籐次と小僧の国三を従え、まず愛宕権現《あたごごんげん》社の石段の前に上屋敷を構える大和小泉藩片桐家を訪れた。

門番の詰め所前に小籐次と国三を待たせた観右衛門が、

「御用は四半刻《しはんとき》（三十分）と掛かりますまい」

と言い残して内玄関から屋敷に姿を消した。

小籐次は中天から降る日差しに照らされた愛宕権現の急な石段を見て、

「国三さんや、石段見物に参らぬか」

と誘ってみた。

「見物ですか。おもしろくもなんともない、ただの石段ですよ」

と言いながら国三はそれでも小籐次に従ってきた。

「その昔、曲垣平九郎《まがきへいくろう》様が馬で駆け上がった石段じゃ。下から見てもなかなかの急勾配《きゅうこうばい》じゃぞ。わしは屋敷奉公の折、厩番《うまやばん》をしておったで馬にはそれなりに詳しいつもりじゃが、この石段を馬で駆け上がるのは至難の業《わざ》じゃ。分るか、国三さん」

小籐次が石段を見上げていると、若葉が光に躍る女坂から、

かっかっか

と馬蹄《ばてい》の響きがして、栗毛の馬に跨《またが》った若武者が姿を見せた。

馬乗袴《うまのりばかま》に羽織はなしで一文字笠を被り、手に鞭《むち》を持っていた。この界隈の大名家に奉公する侍か。

「まさか当節の曲垣平九郎様ではあるまいな」

小籐次らの見ている前で若武者は、石段前の石畳の参道を大鳥居まで戻り、馬になにか言い聞かせる体で緩やかな並足で石段まで進んできた。

「よいか、隼《はやぶさ》。一段目に足を乗せたら、一気に六十八段を駆け上がるぞ。よいな、われら、途中で止まることは許されぬ」

と馬に言いかけ、自らにも得心させていた。

若武者が再び馬首を翻《ひるがえ》したところで小籐次と目が合い、会釈《えしやく》した。

小籐次も会釈を返す中、若武者は大鳥居まで戻った。そして、息を整え、最前より速い速度で石段前まで進み、馬に参道の距離を覚え込ませようとした。

「あいや、ご浪人、なにかあってもいかぬ。もそっと下がっておられよ」

若武者が注意した。

「畏《かしこ》まった」

と素直に応えた小籐次が、

「石段を馬にて駆け上がるおつもりにござるか」

「この石段、人馬一体で上がれるかどうか朋輩《ほうばい》と口論致しました。馬鹿馬鹿しいとは存じておりますが、それがしも馬乗にございます。試してみとうなりまして、愛宕権現の神主どのにお断りしてお許しを得てございます」

戦国期、馬乗とは馬術練達の士をいった。また騎乗を許された身分を指した。

小籐次は鞍《くら》に目を留めた。木製に漆を塗り重ねた鞍ではなく、革製の鞍で、小籐次が初めて見る鞍であった。

(噂《うわさ》にきく南蛮鞍かのう)

小籐次が考えながら、石段の端に国三を連れて引き下がった。

「あの侍、本気で駆け上がる気ですか、赤目様」

「そう見たな」

「危ない真似はよしたほうがいいと思うな。赤目様、こんな急な石段、馬と一緒に駆け上がれませんよね」

「最前も申したが、曲垣様が駆け上がった石段じゃで、当節の馬乗が上がれんこともあるまい」

「本気ですか」

国三は鳥居の下で馬に言い聞かせる若武者を見た。

くるり

と隼の馬首を石段に向けて立てた。

若武者の顔は紅潮していた。

大きく息を吐き、吸い、気持ちを静めた。

「はいよ」

の声が凜々《りり》しくも響き、隼が一気に参道を走り出した。

馬蹄が小籐次らの耳に大きく鳴り響き、一瞬、人馬一体になった影が眼前を通り過ぎて、隼の四肢《しし》が石畳を蹴《け》ると前肢で石段をしっかりと捉《とら》え、

かっかっか

と駆け上がり始めた。

若武者は手綱《たづな》を絞りもせず弛《ゆる》ませもせず、馬に負担をかけない前傾姿勢を保ち

つつ、見事な乗馬術で中段まで一息に進んだ。

小籐次は感嘆して若武者の騎乗ぶりを見詰めていた。

そのとき、騒ぎは起こった。

石段の左右から差しかける木々の枝に止まっていた鶏が馬蹄の響きに驚いたか、
ばさばさ
と飛び上がって、駆け上がってくる人馬の眼前を横切った。

馬が驚き、若武者も手綱を絞った。

馬の速度が急に落ちて、ひひーんと嘶《いなな》いた。

若武者は必死で馬を制御してさらに石段の上へと駆け上がろうとしたが、石段の途中で速度が落ちてはもうどうしようもない。

馬の動揺が乗り手にも伝わり、馬が前肢を上げて、若武者が鞍の上で後傾した。

「危ない！」

国三が叫んだとき、小籐次が石段を駆け上がっていた。人馬もろとも石段に叩《たた》きつけられれば小籐次も巻き込まれる。

小籐次も必死で石段を駆け上がる。

若武者も鞍から落ちまいと隼を落ち着かせるべく努めていた。だが、なにしろ急な石段の途中だ。いったん体の均衡を崩した人馬が、さらに均衡を崩したときには、転落しか待ち受けていない。

国三が息を吞む傍らに観右衛門が走り寄ってきた。

「大番頭さん、もう間に合いませんよ」

国三が悲鳴を上げたとき、観右衛門は小籐次が片手を差し伸ばして馬の轡《くつわ》を摑《つか》んだのを見た。

「どうどうどう」

小籐次はもう一方の手で首筋を叩きながら、石段の上に棒立ちになっている馬の前肢を石段に下ろさせると同時に、

「はいよ」

と掛け声をかけて隼を鼓舞し、首筋を一つ、

ぽーん

と叩いた。すると、隼が再び重心を前肢にかけて一段一段斜めにゆっくり石段を上り始め、鞍上の若武者も馬の動きを助けて、小籐次が馬の口をとるのとは反対側にひらりと飛び下りた。

隼は小籐次と若武者に左右から助けられて馬首を正面に向け直し、愛宕権現の

石段をさらに上っていった。

「ふーうっ、石段から転がり落ちなくて済みましたよ」

観右衛門が安堵《あんど》の吐息を洩《も》らした。

人馬は愛宕権現の社殿前に上がった。隼は興奮を抑えきれないのか、無闇《むやみ》に愛宕山上を歩き回ろうとした。

小籐次も若武者も隼の動きのままにさせておいた。

「命拾いを致しました。お礼の言葉もございませぬ」

若武者が紅潮した顔を隼の陰から覗かせて礼を言った。

「余計な節介をしたのではございませぬか」

「なにを申されますやら。そなた様に助けて頂かねば、それがし、隼とともにこの石段の下に転がり落ちて大怪我《おおけが》をするか、落命するかしていたでしょう」

「いえ、そなた様の腕ならばあの危難は乗り越えられました」

「身の程知らずが恥ずかしゅうございます。それがしには隼を御《ぎょ》してこの石段を駆け上がる力など元々ございませんでした」

「鶏さえ馬を驚かせなければ、見事駆け上がっておられたことでしょう」

小籐次が言いかけると、

「それがし、石見《いわみ》浜田藩松平家家臣板鳥新吾にございます。そなた様の見事にも一瞬にして隼を落ち着かせた腕前、さぞや馬術の達人と存じます。お名前をお聞かせ下さい」

「馬術の達人ですとな、それは大いなる考え違いにございますぞ。それがし、主《しゅう》持《も》ちの折、下屋敷の厩番を勤めておりましたゆえ、少しばかり馬の扱いを承知しております。ただそれだけのことです」

「お名前は」

と板鳥が重ねて問うた。

「赤目小籐次にござる」

はっ、とした板鳥が訊ねた。

「もしや、御鑓拝借、小金井橋十三人斬り、数々の武勇の持ち主赤目小籐次様ではございませぬか。板鳥新吾、なんとも運がようございました。江戸に名高き赤目様に命を救われ申しました」

「なんのことでございましょうや」

小籐次は隼の息が落ち着いたのを見て轡から手を離し、

「それがし、御用の途中でございます。これにて失礼を致します」

と板鳥に言いかけると石段を下っていった。その背に隼が、
ひひーん
と嘶いて礼を述べた。

石段下まで下りてくると、近くの大名屋敷から家臣や中間《ちゅうげん》らが姿を見せて、喝采で迎えてくれた。板鳥の挑戦を屋敷から眺めていたと見える。

「赤目様、お見事な助勢にございましたな」

「なんの、鶏さえあの若武者の眼前を飛び過ぎなければ、馬が立《た》ち竦《すく》むこともなかった。さすれば、見事に愛宕山六十八段、上り切っておられましたよ」

「どちらのお屋敷のお方でしたな」

「石見浜田藩ご家中《かちゅう》と聞いた」

「松平家中にはなかなかの馬乗がおられますな」

「勤番ではのうて江戸藩邸育ちとお見受け致しましたが、江戸にも練達の士が隠れておられます」

と小籐次も素直に応えていた。

「久慈屋の大番頭、そのほうの知り合いか」

見物の衆から観右衛門に声を掛けた者がいた。

「おや、寒河江《さがえ》様、見ておられましたか」

「玄関先まで出たところ、そなたが愛宕権現の石段下に走り出したで、それがしも門前に飛び出した。そこで思いがけなくも愛宕山六十八段上り切りの顚末《てんまつ》を見ることとなった」

寒河江の目が小籐次にいった。

「大番頭、もしや赤目小籐次どのではないか」

「寒河江様、いかにも酔いどれ小籐次様ですよ。うちとは昵懇《じっこん》のお付き合いにございまして、本日は集金の同道を願ってきたところです」

と応えた観右衛門が、

「赤目様、大和小泉藩のご用人《ようにん》寒河江八兵衛様です」

と小籐次に引き合わせた。

小籐次は寒河江に会釈を返した。

「この御仁が、肥前鍋島《なべしま》様ら四家の行列を震撼《しんかん》せしめたか。なんとも小さな身の丈じゃが、石段を駆け上がられた時の迅速、御鑓拝借の勇者ならではの身のこなしであったわ。よいか、大番頭。次の機会にも赤目どのをわが屋敷に連れて参れ。

酒をたっぷりと用意して待っておるでな」

と言う寒河江用人に再び挨拶《あいさつ》をなした観右衛門は、小籐次と国三を後ろに従え、胸を張って愛宕山下を立ち去った。

三

小僧の国三は背に風呂敷を負わされていた。中の百両の金子《きんす》は大和小泉藩の寒河江用人から支払いを受けた二年分の代金だ。

観右衛門らは愛宕下から内堀に出ると、御城をぐるりと右回りに、桜田堀の石垣と緑を愛《め》でながら半蔵御門に出た。そこから外堀の四谷御門を経て内藤新宿方面へと続く長い麴町《こうじまち》が延びていた。

麴町一丁目から四谷御門へと歩きながら、小籐次は町家が騒然としているのに目を留めた。麴町三丁目の米屋では人だかりがしていた。

「やはりこたびの米会所頭取杉本茂十郎の失脚は、五年前の樽屋の自裁の影響にござろうかのう」

小籐次は観右衛門に何気なく話しかけた。

「樽屋様の自裁に関わりがないとは申せませんな。ですが、あの折樽屋様が公金に手をつけねばならなかった背景がございます」

「ほう、樽屋ほどの分限者《ぶげんしゃ》が公金に手を付けるとは、よくせきの事情があってのことじゃろう」

「米屋の前で人だかりがしておりましたな」

「いかにも」

「幕府は昨夕、三橋会所と伊勢町米会所を廃止する触れを出して、頭取の杉本茂十郎様を追放なされた。仰《おつしや》るとおり五年前の樽屋様の自裁と杉本様の追放は関わりがございます」

観右衛門が小籐次の言葉を念押しした。

「やはりな」

裏長屋暮らしの小籐次では上つ方の情報など入りようもなく、疎《うと》かった。

それでも杉本某《なにがし》の異例な出世譚と栄耀《えいよう》栄華の暮らしぶりは町の噂で承知していた。

杉本茂十郎は、江戸の定飛脚問屋《じようびきやくどいや》大坂屋の主人であった。

文化五年（一八〇八）、十組問屋《とくみどいや》の長年にわたる紛争を、大坂屋の主《あるじ》の杉本茂十郎が乗り出して鮮やかに解決した。このことによって幕府に認められ、発言権を増したと伝えられる。

翌文化六年には、杉本は三橋会所を設立し、頭取に就いた。問屋仲間から集めた金子を運用して隅田川に架かる三つの橋の修繕金を産み出す離れ業を披露し、世間を、
あっ
と驚かせた。

それは、商いの機能が衰退していた十組問屋を再興させる切っ掛けとなり、杉本茂十郎はさらに名を高めた。

その勢いに乗って杉本茂十郎の野望は菱垣廻船《ひがきかいせん》による物流機構に向けられ、豊富な資金を投じて独占することに成功した。

むろん一商人が物流を支配することを危惧《きぐ》する幕閣の声がないわけではなかったが、杉本茂十郎は多額の冥加金《みようがきん》を幕府に納めることでその口を封じた。

「こたびの騒ぎのすべての因《もと》は、幕府が杉本茂十郎様の商才に頼りすぎたことにございますよ。本来、増水やら火事で壊れた橋を架け替えるのが三橋会所でございますが、豊富な資金を運用して銭儲《ぜにもう》けに走った、これを容認なされた上に幕府

では、伊勢町に米会所を設けさせて、杉本茂十郎様を頭取に就かせ、大坂からの廻米《かいまい》を買う権利を与えて、江戸の米の価格の調整所として利用してきたのです」

「われらが三度三度食する米を、利潤を生む相場の手段になされたか」

「いかにもさようです。大坂からの廻米を市場に出したり、抑えたりして、江戸の米相場を操る。直参《じきさん》旗本衆が両替する金子にも大きく影響し、不作ゆえ市場に米が不足しているように装わせて高値で売買する。このさじ加減一つで杉本様の懐《ふところ》には益々膨大な利が転がり込んで潤い、幕府にも冥加金が上納された」

「泣くのは、米屋から高い米を買わされるわれらのような者ばかりか」

「そういうことです。天はそのことを見ておられたのです。このところ、米不作が続いておりましたが、数年前より豊作に転じ、米価の吊り上げが効かなくなって、大きな損金を伊勢町米会所が一気に負うことになりました。米会所はこのようなときに踏ん張り、安定した米価格を維持する要があった。ところが、杉本茂十郎様方は相場で儲けた利を費消して、米の価格の下落《げらく》を招いた。ために問屋筋の貸付人に返済が利かなくなりましてな、幕府にも冥加金を上げるどころではなくなった。もはや杉本茂十郎様が幕府の意に従い、米価を調整することなど叶《かな》いませぬ」

「このところ米の値が安いと思うておったが、そのようなことが起こっておったか」

頷いた観右衛門が、

「当初からこの杉本茂十郎様の後ろ盾を務めてこられたのが樽屋与左衛門様でしてな、米相場の下落で樽屋様も大きな火傷《やけど》を負ったそうにございますよ。ために、苦し紛れに公金に手を付けたというのが真相ではございませぬかな」

「家康様以来の江戸町年寄が常軌を逸せられたか」

「大金であればあるほど黄金色の小判は人の心を狂わせます。樽屋の旦那はその内情を知っていたゆえに自裁した、五年も前のことです。ですが、公儀は樽屋の自裁で事を終わらせ、杉本様の好き放題を見逃しておられた。そして、樽屋与左衛門様の死から五年も過ぎた今日、追放を決められた。お役人のなされることはかように甘うございます、身銭ではございませんでな」

「樽屋が手を付けたというのは三橋会所の金子か」

「それだけではありますまい。ただ今のところ、その辺までお調べが進んでいるとは思えません」

観右衛門が応じて、

「ここ数年、豊作に転じたことが、杉本茂十郎様の破滅を招きました。豊作は幕府にとっても庶民にとっても喜ぶべきことにございます。それをですよ、米価を操り、高値水準に定着させて利を得ようとなされた。幕府が行ってはならぬことです。さらに、それを一商人に預けた幕府の咎《とが》は大きゅうございましょうな。このたびの米価の下落で幕府が蒙《こうむ》った損金はいくらか、だれもご存じございますまい。杉本様の借財だけで何万両、いや、何十万両と噂する者もあって、真実は分りかねます。それを予測したのは五年前に自裁した樽屋与左衛門様だけです」

と繰り返した。

「本来、米の値を安定させるのは幕府の仕事であろうにのう」

「いかにもさようです。それを一商人に丸投げされた。城中に粛清の嵐が吹き荒《すさ》んで、死者が本格的に出るのはこれからです」

と観右衛門が言い切ったとき、一行は四谷御門付近に到着していた。

「今度の御用はこちらです」

観右衛門が指したのは、尾張犬山藩成瀬家三万五千石の上屋敷だった。成瀬家は御三家尾張の附家老《つけがろう》でもあった。

「こちらはご用人どのが話し好き、そのうえ、碁《ご》がさらにお好きで、碁盤が出るとちと長くお待たせすることになります」

「国三さんと御堀を見下ろす土手にて日向《ひなた》ぼっこなんぞをしておる。ご用人どのお相手を存分に務めておいでなされ」

小籐次と国三に見送られて観右衛門が門内に姿を消した。

「国三さんや、土手で昼寝でも致そうか」

「赤目様、私の背には百両があるんですよ。昼寝なんてしていたら、泥棒に持っていかれますよ」

「首の後ろにしっかりと結わえつけて枕代わりにするとよかろう。わしも傍らにおるで心配するな」

「それもそうですね。第一、小僧と赤目様の二人が土手に寝ていたら、おこもさんと間違われても、百両の大金を背にしているなんてだれも考えませんよね」

と言いながら国三は、四谷御門の北側の土手下の、外堀を見下ろす桜の老樹の下に腰を下ろした。すると、枝が風に揺れて木漏れ日がちらちらして、小僧の額の汗を光らせた。

小籐次は次直を腰から抜くと、国三の傍らに腰を下ろした。

対岸の土手で釣り糸を垂らしている太公望がいた。

「駿太郎ちゃんを連れてくるとよかったかな」

「それでは御用が勤まるまい」

小籐次が供を仰《おお》せ付かった背景には大口の掛取りがあると考えていた。

「国三さん、成瀬様で掛取りは終わりではあるまい。どちらに参るか、承知か」

「最後は不忍池《しのばずのいけ》付近のお屋敷と聞いておりますけど」

「となると、本日は御城の外をくるりとひと周りじゃぞ。国三さん、足を休めておきなされ」

「ほんとに休んでもいいんですか」

「百両と言われて、わしは寝る勇気が失《う》せたわ。そなたの昼寝の番を致すで、安心して休まれよ」

「お言葉に甘えます」

国三が背の風呂敷包みを首の後ろに回して前でしっかりと結び直した。その恰《かっ》好《こう》で土手の叢《くさむら》に仰《あお》向けに寝て、

「空が澄み切って気持ちがいいや」

と言ったかと思うやいなや、
すうすう

と、直ぐに寝息が聞こえてきた。

「小僧さんの年頃は際限なく食べられて、際限なく眠れるじゃろうて。五十路《いそじ》を超えると眠るにも力が要るわ」

小籐次は自嘲《じちょう》気味に呟《つぶや》くと、次直の鐺《こじり》を股の間に突き、対岸の四谷塩町の家並みを眺めた。

商家の屋根の物干しに洗濯ものが干されて、風に靡《なび》いている。なんとも長閑《のどか》な景色だった。

八つ（午後二時）過ぎの頃合か。揺れる木漏れ日が小籐次を眠りの世界へ誘《いざな》いそうになった。

「国三さんの警護がわしの仕事じゃ」

と言い聞かせるうちに、次直の鍔《つば》を両手で支えて、そこへ額をつけて眠りに落ちた。

小籐次は、おりょうの夢を見ていた。

おりょうは白い雲に乗って小籐次に向い、おいでおいでをしていた。

夢であることを承知して小籐次は夢を見ていた。

「おりょう様」

と手を振り返した。すると、おりょうは雲に乗ったまま段々と遠ざかっていった。

「どちらに参られるので」

おりょうの白い顔が振り向いて叫んだ。

「赤目様のご存じない遠いところですよ」

「それがしもお供致します」

おりょうがさらに叫んだ。だが、小籐次の耳にその言葉は届かなかった。それほどにおりょうは遠のいていた。

小籐次はふと人の気配に気付き、目を覚ました。

国三はと見ると、ぐっすりと寝込んでいた。

近々おりょうを訪ねようと小籐次は心に極《き》めた。

木漏れ日の傾き具合を見ると、一刻（二時間）は眠り込んだか、

「お待たせ致しましたな」

と観右衛門の声が四谷御門近くの土手上から聞こえた。

「国三さん、大番頭どのが参られたぞ」

その声に国三が飛び起きて、

「はい、大番頭さん、ご膳は頂いておりません」

と寝ぼけ声で答えた。

「国三さんや、お店ではないぞ。四谷御門の土手ですぞ」

きょろきょろと辺りを見回した国三が、

「そうか、大番頭さんのお供で掛取りに来たんだっけ」

とようやく目を覚ました。

二人が座る土手の上に、風呂敷包みを抱えた観右衛門が姿を見せた。

国三が土手道を駆け上がり、首に結わえた風呂敷包みを解《ほど》くと、

「大番頭さん、そちらのお金を頂戴します」

「三百両ですよ。国三、いっしょに持てますか」

「しめて四百両なんてへっちゃらです」

「辻駕籠《つじかご》を見つけたら、私が金子と一緒に駕籠に乗り込みますでな、それまでの辛抱《しんぼう》です」

土手道で二つの金子を一枚の大風呂敷に包み直し、

「おっ、これは重いぞ」

と言いながらも国三は背に負った。

三人は土手道を市ヶ谷御門、牛込御門、小石川御門と歩いてきたが、生憎空《から》の駕籠と行き合うことはなかった。

「国三さん、わしがしばらく手を貸そう」

「いえ、もう背に馴染《なじ》みましたから大丈夫です」

国三はそれが自分の務めと心得ているからか、小籐次に持たせようとはしなかった。

観右衛門は二家での掛取りに草臥《くたび》れたか、最前から黙々と歩いていた。

「碁の相手をなされたか」

「いえ、それが話ばかりでしてな。成瀬家の用人の話では、こたびの米会所の一件、城中に広がりを見せるとか。杉本茂十郎様と関わりのある家中では戦々恐々としておられるはずと、大名家や大身《たいしん》旗本の名を上げられましてな。その話に付き合わされて少々うんざりして草臥れました」

「観右衛門どの、三橋会所と米会所の頭取は、大坂屋と申す飛脚問屋でござったな。なぜ武家方と直接関わりがござる」

「三橋会所の集めた金子を米相場で運用して大きな利を上げてきたのが杉本茂十郎様と申し上げましたな」

「いかにもさように聞いた。この数年、豊作で米の値を吊り上げることができず、大損をしたとも聞いた」

「杉本茂十郎様は運用の金子を各大名家、大身旗本からも調達して、運用金の利益を渡していたのです。ところがこたびの米価下落で、利どころか元金すらも回収の見込みが立っておりません。腹を切る覚悟をなされたご用人や江戸留守居役は五指では利かぬと、成瀬様のご用人が申されました。どうやら、これら武家方と杉本茂十郎様を結び付けたのが、五年前に亡くなられた樽屋の旦那のようでございますよ」

「となると、樽屋の罪は大きいのう。命一つではつぐないきれまい」

「たしかに運用の切っ掛けになった話は、樽屋の旦那の自裁であの世に持ち越しになりましたが、屋敷が蒙った損金はそっくり残りました。そうでなくともお武家方は青息吐息の内所にございましょ、これでいよいよやりくりがつきませんよ」

と話した観右衛門が、

「ふうっ」

と一つ溜息《ためいき》を吐《つ》くと、

「悲惨な話を聞かされているうちに気分が萎《な》えてきました。これから参る越中富山藩前田家が、こたびの一件に関わっていなければよろしいのですが」

と観右衛門の心配はそっちに向った。

「成瀬家の用人どのの話に越中富山藩の名が上がったのかな」

「いえ、それはございません。ですが、ご用人の話では武家方に広がりを見せそうだということで、そうなるとうちの得意先にも杉本茂十郎様の一件に関わりを持つところが出てくるのではないかなど、最前からあれこれ思案しておりました」

「観右衛門どの、確かでもないことを案じられるとほんとの気鬱《きうつ》になりますぞ。まあ、出ないお化けにびっくりするのは宜《よろ》しくござらぬ」

「そうでしたな」

と応えた観右衛門だが、不安が消え去る様子はなかった。

水道橋で神田川の左岸に渡った一行は、昌平坂学問所の西側で湯島麟祥院《りんしょういん》に抜ける道へと曲がった。

観右衛門の溜息が小籐次の耳に届いた。

「まだ他に案じるタネがござるか」

「富山藩十万石の前田家ですがな。爪に火を点《とも》すような切り詰めた藩経営をなされておられます」

「大名家なれば、どこもそうでござろう」

頷いた観右衛門が、

「前田様は年貢、小物成《こものなり》、夫銀《ぶぎん》の藩実収入が三万八千石ほど、一方支出が毎年千石ほどの損失にございましてな。幕府の御手伝普請、大火水害の臨時の支出も加わって、ただ今の借財高三十余万両に上っております。藩の実収入十年分の借財ですので、このような儲け話にお乗りになっていなければよいがと案じておりますので」

「こたびの騒ぎに乗った大名家は三百諸侯のどれほどなのかのう」

「さて、成瀬様の話によれば十数家とか」

「ほれ、見なされ。三百諸侯の大半はそのような危ない話に耳を貸しておられぬ。杞憂というものじゃ」

「ならばよいのですが」

湯島の切通しを下った三人は結局、不忍池の西側にある越中富山藩の上屋敷まで歩き通した。

「こちらでもだいぶ遅くなりますかな」

「いえ、こちらでは手間はとらせぬつもりですがな」

夏の夕暮れだが、陽は西に大きく傾いていた。

観右衛門が越中富山藩の門番に、小籐次と国三が門番控え所で待つことができるよう掛け合ってくれた。そこで、二人は門番詰め所の板の間で観右衛門の用事が済むのを待つことになった。

四

観右衛門の御用は予測に反して長引き、すでに一刻が過ぎていた。

小籐次は国三の腹の虫がぐうぐう鳴るのを聞きながら、ひたすら待った。

門番詰め所では蚊遣《かや》りが焚《た》かれて、薄い煙が土間に棚引いていた。

五つ（午後八時）の時鐘が響いてきて、さらに四半刻が過ぎ、玄関に人の気配がした。

小籐次が開け放しの腰高障子から顔を突き出すと、式台に観右衛門の顔が見えた。

「国三さんよ、大番頭さんが姿を見せられたぞ」

空腹に耐えていた国三がぴょこっと上がり框から立ち上がり、傍らに置いた風呂敷包みの結び目に手首を通して保持していた掛取りの四百両を背に負った。

「門番どの、長居をした。お陰でわれら蚊にも食われず助かった」

老門番が目をしばたかせて、

「おまえさん方の仕事も大変じゃな。これからどちらに帰られるか」

「芝口橋まで戻る」

「戻れば四つ（午後十時）を過ぎような」

「そんなところかのう」

「近頃、武家地も物騒じゃでな、おまえ様、しっかりと警護をなされ」

「なんぞ出るのかな」

老門番は小籐次らが立ち去ると決まってほっとしたか、急にお喋りになった。老門番は夕餉の仕度を終えていたが、小籐次と国三がいるため膳につけないでいたのだ。

「陽が落ちた桜田堀に河童《かっぱ》のお化けが出るそうな」

「河童のお化けじゃと。そのような馬鹿げたことがあろうか」

「大きな声では言えんが、但馬《たじま》豊岡藩京極《きょうごく》家の勤番侍二人がさんざんな目に遭い、一人はその傷が因で亡くなったそうな。その他に二人ばかり河童に斬《き》り殺されたとか。身ぐるみ剝《は》ぎ取られたのは数知れずというぞ」

「河童が人を斬ったり、追い剝ぎをなすというか」

「河童の好物は黄金色の小判でな、掛取りの連中が何人も襲われておるそうな」

「いよいよ怪しげな河童じゃな。町奉行所は動かれぬか」

「むろん町奉行所でも夜回りをなさっておられるが、堀から姿を見せる河童では人間は太刀《たち》打ちできぬそうな」

「われら下谷《したや》広小路から御成道《おなりみち》、日本橋に出るで、桜田堀は通らぬ。だから安心じゃ」

小籐次はそう答えると、国三が持参していた小田原提灯《おだわらぢょうちん》に灯りを入れて、門番詰め所を出た。

「お待たせ申しましたな」

そう言う観右衛門の懐が膨らんでいた。どうやら掛取りの金子は頂戴できたようだと小籐次は思った。

「赤目様、大変申し訳ございませぬが、麴町の成瀬様のお屋敷に戻らねばなりません。話に夢中で、三百両の受取証文をお渡しするのを忘れておりました」

「おお、それは大変、思い出されてようござった。手分けして集金の金子を持とう」

と小籐次が提案したが、国三は、

「いえ、大番頭さんの掛取りの金子も私が預かります」

と背の風呂敷に包み込むつもりで言った。

「そなたはもう四百両を負うている。懐の金子を加えると、そなたでもなかなか大変です。なあにそこらで辻駕籠を拾いますでな、しばらくの辛抱です」

観右衛門は責任を感じてか、先頭に立って麴町の成瀬家への道を戻り始めた。

辻駕籠はとうとう成瀬家の屋敷まで見つからず、成瀬家に証文を届けた後も出くわすことがなかった。

「今日の掛取りは上々吉《じようじようきち》でしたが、私のしくじりで辻駕籠一つも見つけられませんか」

観右衛門はぼやきながら、それでも東に向って歩いていく。

「観右衛門どの、嫌な話を富山藩前田家の門番から聞き申した」

振り向いて足を止めた観右衛門に、小籐次は桜田堀の河童の追い剝ぎの一件を告げた。

「堀から河童が現れて金子を奪うですと。そりゃ、人間の仕業《しわざ》ですよ」

「いかにもさよう。なんとか半蔵門に行き着くまでに駕籠が見つかるとよいのじゃがな」

紀伊様の中屋敷からの道と麴町の道がぶつかる三叉《みつまた》で五丁目を過ぎた。だが、駕籠のかの字も見当たらない。

「芝口橋までお腹を小判で冷やしながら歩くことになりますかな」

「前田家ではだいぶ話が弾んだようじゃな」

小籐次は駕籠を忘れるために話柄を転じた。

「ご家老様まで姿を見せられて、五年前の樽屋自裁とこたびの杉本茂十郎様失脚をあれこれ話し込まれましてな、これは掛取りの金子を支払わぬ言い訳かと内心びくびくしながら話の相手をしておりました。ところが、前田家ではこたびの一件には関わっておられぬとか、このように百七十五両頂戴して参りました」

と証文を渡して余裕が出た観右衛門が、ぽんと懐を片手で叩いた。

その音を聞きつけたかのように、

「旦那方、駕籠はいらんかね」

と、すでに大戸を下ろした商家の軒下から声がかかった。

「駕籠屋さんかえ」

観右衛門の声が弾んだ。

小籐次は、大提灯の灯りも入れずに空駕籠を置いて地べたに座り込む駕籠かき二人を見た。

「灯りはどうしたのだ」

「風でさ、消えやがった。小僧さんの火をもらっていいかね」

国三が提灯を黙って突き出し、駕籠屋の棒端《ぼうばな》のぶら提灯に灯りが入ると、観右衛門が草履を脱いで駕籠に上がった。

「国三、そちらの荷をもらいましょうかな」

「大番頭さん、こっちは大丈夫です」

国三は供の仕事を最後まで勤める意思を示した。

「重くなったらそう言いなさい。こちらに受け取りますからね」

「旦那、小僧さんの背の荷まで駕籠に乗せられたんじゃあ、ちょいと酒手《さかて》を弾んでもらわなきゃね」

と駕籠かきが国三の風呂敷包みの中は小判と睨んだか、そう言った。

「万事呑み込んでますよ」

という観右衛門の声で垂れが下ろされ、

「相棒、行くぜ」

と息杖《いきづえ》を突いた駕籠が先棒と後棒に担ぎ上げられた。

「おっ、重いぜ。相棒」

後棒の体がぐらりと揺れ、棒を肩へ担ぎ直した。

小籐次は駕籠かきの動きに目を留めた。

「相棒が睨んだとおり、旦那、だいぶ懐に掛取りの金を入れていなさるね。わっしら、少々のことでは駕籠を揺らしたりしないんだがね」

と先棒が商売柄か観右衛門の懐の中まで見抜き、歩き出した。

「国三さん、わしの傍らを離れるでないぞ」

小籐次は駕籠の左側に寄り添い、駕籠屋の気だるいような、

「エイホエイホ」

の声を聞きつつ、辺りに警戒の目配りをしながら従った。

半蔵御門が見えてきて駕籠は右手の坂へ曲がり、桜田堀から生温《なまぬる》い風が吹き上げてきた。

「駕籠屋、この界隈では近頃、異なことが起こるそうじゃな」

「大河童の一件ですかえ」

「いかにもさよう」

「ほんとの話ですぜ。だから、ご覧なせえ。四つ（午後十時）ですからな、人の往来も少ねえや。旦那方も駕籠を見つけるのに往生したんじゃないですかえ。仲間も近頃じゃ、桜田堀を避けてますのさ」

「そなたらは平気のようだな」

「品川宿から内藤新宿に客を運んでの帰りだ。御城を北回りしたんじゃ、今晩じゅうに品川に着きませんや。桜田堀を抜けるのにいいカモはいねえかと、あそこで待っていたんでさ」

「大番頭どのは客ではのうてカモか」

「こりゃ、言い過ぎましたかね、許してくんな。おれっち、駕籠かきは言葉がぞんざいだ。悪気はねえんだ」

小籐次は先棒相手に話をしながら、播磨《はりま》明石《あかし》藩松平家から三河田原藩三宅《みやけ》家の塀沿いに坂を下っていった。

皀角《さいかち》河岸と里人に呼ばれる坂道の途中に、近江《おうみ》彦根藩井伊家の閉ざされた豪壮な門前が見えてきた。

「旦那、この先だ。大河童が出るのは」

「やめておくれよ、駕籠屋さん」

と小僧の国三が思わず言った。

「小僧さん、怖いか」

「だって、脅かしているようだよ」

「そいつはすまなかったな」

駕籠かきは国三に謝り、

「さすがは侍だ。爺様《じいさま》は平気な面だな」

と小籐次に話を向けた。

「わしか、びくびくしておるぞ。芝口橋まで無事に大番頭さんと小僧さんを送り届けぬと役目は果たせぬでな」

「旦那は用心棒が仕事か」

「まあ、そんなものだ」

と応じた小籐次が足を止め、

「止まりなされ」

と駕籠屋を制止した。

「なんだい」

と小籐次を振り返った先棒が、小籐次の視線が前方の闇に向けられているのを見て、自分も首を巡らし、

「出やがった。大河童のお化けだ」

と呟いた。

「えっ」

と驚きの声を上げた国三が、小籐次らを真似て前方を透かし見た。

桜田堀から身の丈一丈数尺はありそうな大河童が浮き出てきた。それが、
ふわり
と虚空《こくう》に浮かび、
ぶんぶーん
と奇妙な物音を立ててまた桜田堀に沈んで姿を消した。

「ど、どうするね。一気に走って逃げるかえ」

と駕籠かきが小籐次に聞いた。

「いや、走ってはならぬ。今までどおりの歩調で進め」

「大河童に取り殺されるぜ」

「駕籠屋、死ぬときは一蓮托生《いちれんたくしょう》じゃ」

「嫌だ。おれっちは一気に突っ走るぜ、命あっての物種だからよ」

「ならぬ」

小籐次の険しい声がして、片手が提灯のぶら下がった棒端をぴたりと押さえた。

すると、駆け出そうとした駕籠かきの足が止まり、

「なにするんだよ、爺様」

「これまでどおりに歩めと申し付けたぞ」

駕籠かきは軽く置いただけの小籐次の手でぴたりと動きを止められ、致し方なく、

「分ったぜ、爺様よ」

と答えた。

小籐次の手が緩められ、駕籠が進み始めた。

「おっそろしく力が強い爺様だな」

「そりゃ、そうですよ。ただの爺様ではございませんからな」

最前から黙り込んだまま駕籠に乗っていた観右衛門が駕籠の中から答えた。

「ただの爺様ではないって」

おずおずとした歩みで駕籠かきが進んでいると、大河童が再び、
ぶうう ー ん
と唸り声とともに姿を見せた。

「身ぐるみ脱いで置いていけ。命だけは助けてやろうか！」

虚空に浮かんだ大河童が小籐次らを脅すように言った。

「くわばらくわばら。爺様、もういけねえ、身ぐるみ脱いで逃げ出そうぜ」

と駕籠屋の先棒が小籐次に許しを乞うた。

その間に大河童の姿がまた堀へと姿を消していた。

「いや、このまま進むがよい」

「爺様よ、命が惜しくねえのか」

小籐次は逃げ出そうとする駕籠の棒端に手をかけ、

「よいな、駕籠屋、走り出せばそなたの首が飛ぶ」

と静かに言いかけた。

駕籠屋はがくがくと頷いたが、

「おまえさんに斬られるのも大河童に命を取られるのも、死ぬのに変わりはね

え」

とぼやいた。

「まあ、見ておれ」

唸り声が大きく小籐次らの耳に響いた。

小籐次は破れ笠の縁に差し込んだ竹とんぼを摑むと指の間に挟み、一気に捻《ひね》り上げた。

大河童が三度《みたび》、姿を見せた。

竹とんぼは一旦高度を地面近くに下げて、地表を這《は》い飛び、大河童の数間《けん》手前で一気に上昇し始めた。

大河童が右に左に揺れた。

竹とんぼの羽根の両端は小籐次が小刀で丁寧に削《そ》いだもので鋭利に尖《とが》っていた。

その刃が大河童の脇腹を掠《かす》め斬った。すると、
ぷすり
と音がして大河童が急に萎《しぼ》み始め、堀へと急降下していった。

「赤目様、大河童は凧《たこ》でございますかな」

自ら垂れを巻き上げた観右衛門が駕籠の中から言った。

「いかにも大凧にござる。まあ、これが一幕、直ぐに二幕が始まろうな」

堀の土手から皂角河岸の坂道に、顔を黒手拭《てぬぐい》の頰被《ほっかぶ》りで隠した面々が飛び出してきた。五、六人の浪人剣客を指揮するのは、単衣の裾《すそ》を腰にたくし込んで股引《ももひき》を穿き、羽織を着た渡世人か、腰に長脇差《ながどす》をぶち込んでいる。

「大河童のからくり、見破られたとあっちゃ今晩が最後だ。権造、懐に銭は持っていそうか」

と長脇差の渡世人が駕籠屋の先棒に話しかけた。すると、息杖を持って駕籠を放り出した駕籠かき二人の先棒の権造が、

「親分、小僧の背に三、四百両、番頭の懐に百両は固いとみたぜ」

と応じていた。

「駕籠屋、やはり大河童の一味か。あれこれ申す駕籠屋と訝《いぶか》しく思うていたところだ」

「爺《じじい》、人間、諦《あきら》めが肝心だぜ。うちの先生方は数え切れないほどの修羅場を潜《くぐ》り抜けてきた剣術家だ。爺様一人が力んでも無駄だぜ。おれが最前言い聞かせたろう、何事も命あっての物種とね」

担ぎ手のいなくなった駕籠から観右衛門が国三に、

「国三、私の草履はどこかにありませんか」

と言いながら這い出てきた。

「大番頭さん、ここに」

駕籠の座布団《ざぶとん》の下から国三が草履を取り出した様子があった。

小籐次はそのとき浪人剣客に囲まれていた。

「どやつが頭分《かしらぶん》かのう」

小籐次が見回した。すると真ん中に立つ痩身《そうしん》の剣客が、

「鹿島一刀流佐宗田多聞《さそうだたもん》」

と名乗ると仲間の前に一歩進み出た。駕籠にぶら下げた提灯と国三の提灯の灯りに、頰の殺《そ》げた細面《ほそおもて》が浮かんだ。目尻が切れ上がり、殺伐とした雰囲気を顔に漂わせていた。

「さんざ悪さを繰り返して生きてきたか」

「年寄りの冷や水と言う。多勢に無勢、勝ち目もない。身ぐるみ脱いでうせぬか」

「御用を勤める身、大事なお方を見捨てて逃げ出せるものか」

「となると死ぬことになる」

佐宗田多聞が剣を抜き、仲間が続いた。

小籐次がそれを見て、次直を静かに鞘走《さやばし》らせた。

「爺、冥土《めいど》の旅路につく前に名乗るがよい」

「おまえ様方、名を聞いて腰が引けませぬかな」

観右衛門の声が小籐次の背後からした。

「こいつ、おれが脅してもなんとも感じねえ野郎なんだ。呆けてるんじゃねえかね、親分」

と息杖を構えた駕籠かきの権造が言った。

「江都《こうと》に名を轟《とどろ》かせた御鑓拝借の赤目小籐次様、と聞いてそなた方、どうなされますな」

「なにっ！」

と長脇差の親分が驚愕の声を上げた。

「嘘だぜ、越五郎親分」

権造が言った。

「いや、小金井橋で十三人の刺客を相手に孤軍奮闘、勝ちを収められた酔いどれ小籐次様が、目の前の御仁ですよ」

観右衛門の声に合わせて佐宗田がするすると小籐次に向って突進し、大きく振りかぶった剣を小籐次の破れ笠に斬り下ろした。だが、佐宗田の死角ですでに次直が放たれていた。

佐宗田の刃《やいば》が今まさに破れ笠に届こうとした瞬間、佐宗田の脇腹に冷たい感触が走り、佐宗田の体を横手に飛ばしていた。

ぎええっ！

「来島《くるしま》水軍流流れ胴斬り」

と呟く小籐次に、

「この爺侍が」

と息杖を構えて飛び込んできたのは権造だ。

小籐次の次直が峰に返されて、権造の肩口をしたたかに叩き、へなへなと腰砕けに崩れ落ちる権造の息杖が小籐次の片手に移った。

右手に息杖、左手に次直を構えた小籐次が、呆然《ぼうぜん》とする佐宗田多聞の仲間らの群れに飛び込んでいき、右を突き左を叩いていった。

旋風《つむじかぜ》が吹き荒れたような数瞬が過ぎると、その場に立っているのは長脇差の越五郎親分だけだ。

「どうするな、親分」

「て、てめえは」

越五郎は長脇差を引き抜くと、
わあっ
と叫び声を上げながら小籐次に向って突っ込んできた。

小籐次の息杖の先端が鳩尾《みぞおち》を突くと、越五郎親分は両足を虚空に浮かせて背中から地面に叩き付けられ、失神した。

「ふうっ」

と一つ息を吐いた小籐次が、

「国三さんや、背の風呂敷包みを置いて、難波橋の秀次親分の家までひとっ走り行ってくれぬか。それがしは、こやつらが逃げださぬよう、観右衛門どのと見張っておるからな」

と平静な声で命じると、国三は風呂敷包みの結び目を解いて提灯を手に走り出した。

「観右衛門どの、長い夜になりましたな」

「赤目様とご一緒ですと退屈は致しませぬよ」

と、こちらも長閑に答えたものだった。

第二章　おりょうの決断

一

難波橋から秀次親分と子分たちが駆け付けて越五郎一味に縄を打ったのは、国三が駆け去って半刻（一時間）後のことだ。

国三が秀次を案内して桜田堀に行くと、岸辺に萎んだ大河童が浮かんでいて、凧糸に絡《から》んだ男が石垣につかまってあっぷあっぷしていた。

「大河童の正体は大凧ですかえ。幽霊の正体みたり枯れ尾花と申しますが、怖さが先に立って大凧と見抜けなかったようですね。当節の武家方は町人よりだらしねえからね」

と言いながら、秀次は子分の銀太郎と土手を降り、凧の操り手の男の首ねっこをつかまえて引き上げた。さらに大爪を引き上げるのにひと苦労した。というのも竹ひごで人形のように作られた大河童の爪は水を含んでいたからだ。

秀次らが一味の男と大爪を皂角河岸に引き上げた刻限、八丁堀から秀次の旦那の定廻《じょうまわ》り同心近藤精兵衛ら一行も駆け付けてきて、桜田堀の大河童騒動は一件落着の様子を見せた。

近くの番屋まで一味を連れていく手配が終わり、近藤精兵衛は、佐宗田多聞の脇腹の傷をしげしげと見て、

「酔いどれ様の来島水軍流、いつもながら厳しゅうございますな」

と小籐次に言いかけた。

「手傷を負わせるだけのつもりでしたが、相手の勢いもございまして、かような仕儀に至りました」

「桜田堀では分っているだけでも三人が殺され、その他にも怪我を負わされている勤番侍は数知れず。お家の恥というので届け出をしない屋敷もございまして、その害の実状は未だ知れません。おそらくこやつが、大河童に驚く勤番侍を斬り殺していたに相違ございません。となるとお調べのうえ、獄門が待ち受けていたでしょう。赤目どのは奉行所の手間を省かれ、こやつにとってもひと思いにあの

世に旅立たせたのですから、なんぼか幸せにございますよ」

近藤精兵衛が言い切った。

芝の切通しの時鐘が九つ（夜十二時）を告げて鳴り響いた。

「われら、これにて失礼致す」

小籐次は近藤に告げると、観右衛門の傍らに歩み寄った。国三も秀次親分らと一緒に戻ってきていた。

「えらい辻駕籠を拾いましたな」

観右衛門が白けた口調で言った。

「まさか、あやつどもが大河童一味とは考えもせなんだ」

小籐次が答え、立ちながら半分瞼《まぶた》を閉じかけた国三が調べの間両腕に抱えていた風呂敷包みに、

「ほれ、国三さん、この包み、それがしがもらおう」

と手を掛けると、ぱあっ、と瞼を開いた国三が、

「いえ、これは私の仕事です」

と風呂敷包みを抱き締めた。

「そうか、その元気なれば芝口橋まで無事御用を勤めあげられよう」

観右衛門も小籐次の言葉に頷き、

「この前、奉公に上がったばかりと思うていましたが、国三も小僧を終える年頃になりましたか」

と成長を喜び、

「さてさて、芝口橋までもう少しの辛抱ですよ」

と歩き出した。

久慈屋の前に観右衛門らが戻り着いたとき、潜り戸に切り込まれた臆病窓《おくびょうまど》が少し開いていて、中から光が洩れていた。

「だれか起きて待っているようですよ」

観右衛門がこつこつと潜り戸を叩き、

「遅くなりました。観右衛門です」

と中に声をかけると、土間に下駄の音が響いて、

「大番頭さん、お疲れさまにございます」

とおやえの婿に決まった浩介が引き開けられた潜り戸から顔を覗かせ、三人の無事を確かめるように見て、

「旦那様、大番頭様方が無事にお帰りです」

と中に呼びかけた。

「なに、旦那様が起きてお待ちですか」

観右衛門が潜り戸を慌《あわただ》しく跨ぎ、

「ご心配をお掛けして申し訳ございません」

と謝った。

「いや、赤目様がおられるでなんの心配もないと思うたが、なにしろ近頃はぶっそうな話ばかりですからな。ついああでもないこうでもないと考えまして、皆で待っておりましたよ」

国三に続いて小籐次が土間に入り、浩介が手際よく潜り戸の閂《かんぬき》を掛けた。すると主の昌右衛門の他、久慈屋の荷船を束ねる喜多造らの顔が待ち受けていた。

「旦那様、私がえらいしくじりを犯して桜田堀を通る羽目になりましてな」

観右衛門が桜田堀を通った経緯《いきさつ》を告げた。

「なに、大番頭さん、大河童が現れましたか」

「出ました出ました」

お店に帰り着いて急に元気を取り戻した様子の観右衛門が、大騒ぎの顚末を語り聞かせた。

「驚きましたな。まさかと思うて案じておりましたが、ほんとうに現れたとは」

「それも大河童の正体は凧でしてね。そいつに驚いて立ち竦むところに不逞《ふてい》の面々が斬りかかり、追い剝ぎをしのけていたのです。国三が赤目様の指図で難波橋の親分を迎えに走りまして、最前、ようやく始末が付いた次第でございます」

「いやいや、無事でなによりでした」

と昌右衛門が労《ねぎら》い、観右衛門が、

「浩介さん、三つの屋敷ともに掛取りができました。国三の風呂敷包みの分と合わせて確かめて下されや」

と浩介に懐の金子を渡し、国三も半分寝惚《ねぼ》け眼《まなこ》で真似た。

「ご一統様、それがし、駿太郎が気になりますで、これにてご免蒙ります」

「お待ち下さい、赤目様。遅くなる様子に、使いを新兵衛長屋に出して駿太郎様の面倒は見るように願ってございます。夕餉もまだのようですな、ともかくお上がり下さい」

昌右衛門が引き止めた。

新兵衛長屋は久慈屋の家作だ。呆けてきた新兵衛に代わって娘のお麻が差配を託されていた。おそらく駿太郎の面倒をお麻とお夕の親子が見ているのだろう。

それを聞いて小籐次はいささか安心した。

「国三さんは最前から半分眠ってござる。小僧さんや、今宵は夕餉をやめてこのまま寝床に就かれるかな」

「赤目様、眠いのも眠うございますが、お腹も背の皮にくっついたまんまです。このまま床に入っても眠れません」

「その欲があれば、力を使い切ったわけではないな」

小籐次らは台所に行った。昌右衛門も気になるのか、一緒に付いてきて、

「女衆《おんなし》は寝ておるでな、たれぞ汁を温めなおしてやりなされ。それから、赤目様には大丼でまず酒を差し上げなされ。大番頭さんには燗《かん》をしたほうがよう眠れよう」

とあれこれ指図した。

まず喜多造が大丼になみなみと酒を注《つ》いできて、

「赤目様、まず喉《のど》の渇きを癒して下さいな」

「喜多造どの、造作《ぞうさ》をかける。わし一人頂戴してよいかのう」

小籐次はおのれの喉が鳴るのが分った。

「赤目様、お一人で大河童一味、八、九人を手捕りになされたのですよ。喉も渇

きましょう。ささ、見事な飲みっぷり披露して下され。さすれば、私も掛取りから無事お店に戻り、御用が終わった気が致します」

と観右衛門も勧めてくれた。

「お言葉に甘えて馳走になり申す」

小籐次は丼に鼻を寄せて酒の香をくんくん嗅《か》いだ。

「おお、これは伏見《ふしみ》辺りの上酒。なんとも胃の腑に応えるわ」

と呟くと、丼の縁に口を付けた。すると、ひとりでに丼が傾いたようで、酒が口の中に流れ込んできた。

ごくりごくり
と喉が鳴った。

瞬《また》く間に酒が喉に落ちていき、小籐次は丼の底を持ち上げて最後のひと雫《しずく》まで飲み干した。

「ふうっ、甘露にござった」

緊張が解けたか、丼を片手で持った小籐次の顔に自然に笑みが浮かんだ。

「おお、ようやく酔いどれ様の慈顔《じがん》になりましたな」

昌右衛門が言うところに浩介が姿を見せた。

「大番頭さん、たしかに五百七十五両ございました。ご苦労さまでございました」

と報告した。

「大番頭さん、どうやら燗が付いたようですぞ」

昌右衛門自らお燗番を務め、観右衛門に猪口《ちょこ》を持たせると、

「かような酒は格別美味《うも》うございますぞ」

「旦那様直々《じきじき》のお酌にございますからな」

と受けた観右衛門が猪口をお膳に一旦置くと、

「旦那様もお相手を願います」

と燗徳利を昌右衛門から受け取り、猪口を持たせて酒を注いだ。

その間に小籐次の丼に新しい酒が満たされた。

「かような晩もあってようございましょう。ささっ、そなた方も盃《さかずき》を取りなさい」

と久慈屋の男たちの時ならぬ宴が始まった。

この夜、小籐次は久慈屋に泊まり、明け方新兵衛長屋に戻った。すると、新兵

衛の家から駿太郎の笑い声が響いてきた。

「お麻さん、迷惑をかけたな」

小籐次が声をかけると、戸が開かれ、お夕に負ぶわれた駿太郎が小籐次の顔を見て、

「じいじい」

と笑った。

「だいぶ御用が遅くなったようですね」

居職《いじょく》の桂三郎がお夕の後ろから話しかけた。

「ちと騒ぎに巻き込まれてしもうてな」

ひとくさり桜田堀の大河童騒ぎを新兵衛の玄関前で話していると、勝五郎が飛んできた。

「なんだって、赤目の旦那が大河童を退治したって。ほんとかえ」

「久慈屋の大番頭さんの掛取りに同道してのことだ。お屋敷を三軒廻って皂角河岸に差し掛かったのはだいぶ遅い刻限だったでな」

「出たんだな」

「大河童がぶんぶん唸りながら夜空に迫《せ》り上がってきたで、こいつはなんぞ仕掛

けがあるなと睨んでな。竹とんぼを飛ばしてみると、紙でできた大河童の凧ということが分った。正体が知れれば、あとは人間のやることだ、大したことはないわ」

「ほうほう」

と勝五郎が急に張り切り、根掘り葉掘り小籐次から聞き出すと、

「おれ、これから、読売屋にひとッ走り行ってくるぜ。こいつ、読売にしていいな」

「南町の近藤精兵衛様と難波橋の秀次親分にお断りするのじゃな。それなれば差し支えなかろう」

「よし、このネタ、おれが版木にもらった」

と張り切った勝五郎が飛び出していき、小籐次と桂三郎は唖然《あぜん》として勝五郎の背を見送った。

「そんなわけだ、桂三郎さん。わしは湯屋に行って参る。駿太郎も連れていこうか」

「駿太郎ちゃんは昨夜《ゆうべ》、おっ母さんが湯浴みをさせたわよ」

とお夕が答え、駿太郎が、

「じいじい」

と言った。

「赤目様、偶《たま》にはのんびりとお一人で行っておいでなせえ」

と桂三郎に言われた小籐次は、

「お夕ちゃんに面倒をかけて申し訳ないが、湯屋に行かせてもらおう。その後、駿太郎を連れて出かけるところがあるで引き取る」

と長屋に戻り、着替えと手拭を持つと町内の湯屋に向った。

半刻後、湯屋から戻った小籐次はさっぱりとした顔で再び新兵衛の家に現れ、畳の上で摑まり立ちをして歩く駿太郎を引き取ると、背に負ぶい、破れ笠を被って新兵衛長屋を後にした。

芝口二丁目で東海道に出た小籐次と駿太郎は、強い日差しを破れ笠で避けて南に向った。小籐次が次に足を止めたのは金杉橋《かなすぎばし》の袂《たもと》に、

「金杉名物草餅《くさもち》」

の布暖簾《のれん》を掲げる小さな甘味屋だ。

「ご免、名物の草餅、二十ほど包んでくれぬか」

「おや、おまえ様は酔いどれ様じゃな。いつも久慈屋の店先で刃物を研いでおるのを見かけるが、仕事は休みか」

小籐次より一回りは年上の老爺《ろうや》が聞いた。

「昨夜ちと遅かったでな、本日の研ぎ仕事は休みに致した」

「仕事ばかりじゃ、詰まらんでな。偶には背に孫を負うて墓参りに行くのもよかろう」

となにを勘違いしたか、孫を連れての墓参りと決め付けた。

「いかにもさよう」

老爺は小籐次に店前の縁台で待つように勧め、駿太郎に草餅を握らせようとした。

「喉につっかえてもいかぬでな、わしがもらって小さく切って与えよう」

小籐次は負ぶい紐《ひも》を解くと駿太郎を下ろし、草餅を千切って駿太郎の口に入れた。駿太郎は前歯が生えてきて、近頃では咀嚼《そしゃく》することを覚えたので草餅を上手に嚙《か》んで食べた。

駿太郎は草餅を一つ、ぺろりと食べて満足げな顔をした。

小籐次は供された渋茶を飲んで再び駿太郎を背に負った。

「独りで背に駿太郎を負ぶうことなんぞが上手になっても自慢にもならぬがのう。うちはわしと駿太郎の二人暮らし、致し方ないか」

と呟いた小籐次の鼻先に、

「お待ちどおさまでした」

と大きな葉蘭を何枚も重ねた草餅の包みが差し出された。

小籐次は二朱を支払い、

「釣りはよい」

「おや、酔いどれ様、気前がよいな。よいことでもあったか」

「墓参りに行く身じゃぞ。そうそうよいことがあるものか」

と冗談を返した小籐次は、包みをぶら下げて、さらに東海道を品川大木戸へと小さな体を揺らして大股で進んだ。

芝の伊皿子《いさらご》坂を上がり、伊皿子台町の辻に出た。

小籐次が訪ねようとしている先は、大身旗本五千七百石の水野監物《けんもつ》家下屋敷だ。下屋敷を取り仕切る御女中北村おりょうの許に、ご機嫌伺いに駿太郎を連れていこうと小籐次は思い付いたのだ。

おりょうは小籐次が豊後《ぶんご》森藩久留島《くるしま》家の下屋敷厩番を勤めていた頃、水野家に奉公に上がった娘であった。

小籐次はだれにも口外することはなかったが、おりょうを一目見たときから、

「思慕の女《ひと》」

と心に決めていた。むろん身分も年齢も離れ、またおりょうはこの界隈の武家屋敷の若侍が付文《つけぶみ》を競って送りつける美貌《びぼう》の持ち主であった。

思慕したところでどうなるものでもない。だが、密《ひそ》かにおりょうを見守る歳月を過ごした後、運命の悪戯《いたずら》か、おりょうと話をする機会を得て、今では時に会い、話し合う間柄になっていた。

昨年末から今年にかけてのことだ。

おりょうに高家肝煎《こうけきもいり》・畠山頼近から縁談が舞い込んだ。この一件に絡み、不審を抱いたおりょうは畠山の素性の探索を小籐次に願った。

小籐次はおりょうの頼みを聞き入れて、畠山頼近が偽者と判断し、畠山とその一統との死戦を繰り広げて、おりょうの身を守り抜いたことがあった。

あのとき以来のおりょう訪《おとな》いであった。

水野家の下屋敷の門前に立つと、門が大きく開かれて、乗物《のりもの》が玄関式台前に止まっていた。

（水野監物様が下屋敷を訪ねておられるか）

そんなことを考えながら、小籐次は見知らぬ顔の若侍に、

「北村りょう様に面会致したいのじゃが」

と願った。すると若侍が、

じろり

と背に赤子を負ぶった小籐次を睨んだ。

「そのほう、何者か」

「知り合いにござる」

「知り合いじゃと。いい加減なことを申すな」

と怒鳴り付け、

「本日は殿様が下屋敷にお見えじゃ。帰れ帰れ」

とさらに威嚇《いかく》した。

「困ったのう。おりょう様が駄目なれば、監物様に赤目が来たと取り次いで下され。そなたに迷惑をかけることはない」

「なにっ、殿を承知と申すか。虚言はならぬぞ」

「嘘など申さぬ」

若侍はそれでも小籐次の風体《ふうてい》を確かめるように見ていたが、

「一応、奥にお伺いを立てるゆえ、待て。この場を動くでないぞ」

と命じると、ようやく門前から玄関へと小走りに向った。

二

しばらくすると、若侍が血相を変えて門前に飛んできた。

「そなた様が高名な御鑓拝借の勇者、赤目小籐次様でございましたか。背に赤子を負ぶっておられるゆえ、つい物もらいかと考えました。知らぬこととは申せ、大変ご無礼申しました。赤目様、ささっ、こちらから案内《あない》致します」

「おりょう様がお会い下さると申されましたか」

「いえ、殿が」

「殿様でのうて、おりょう様にお目にかかりたいのじゃがな」

「そう申されず、お庭先へお出で下されと」

腰を屈《かが》めた若侍が前庭を横手に回って屋敷裏に広がる広庭へと、背に駿太郎を負ぶった小籐次を導いていった。

小籐次には馴染みの庭であった。

監物らは床几《しょうぎ》に腰を下ろし、泉水のある庭の東屋《あずまや》の前で長閑にも茶を点《た》てていた。

小籐次の目に、おりょうが立ち上がって迎える姿が留まった。

「赤目様、よう参られました。駿太郎様をささっ、おりょうに抱かせて下さいまし」

清雅な中にも貫禄《かんろく》をさらに身につけたおりょうが小籐次に歩み寄った。すると芳《かん》しい香《ぱ》りが漂った。

小籐次は駿太郎を背負った姿で片膝を突くと、

「おりょう様、無沙汰《ぶさた》をして申し訳ございませぬ。ご機嫌麗《うるわ》しく拝察いたし、赤目小籐次、これに勝る喜びはございませぬ」

「そのような挨拶は私には要りませぬ」

おりょうは言外に、主の水野監物と奥方の登季《とき》への配慮をと願っていた。

「水野様、奥方様、お久しゅうございます。ご尊顔を拝し、小籐次、安堵仕《つかまつ》りました」

「赤目どの、われらの姿をようやく目に留めていただけたか。そなたはおりょう命ゆえ、われらの姿などどうでもよいのであろうがのう」

監物が満足げに破顔した。

「恐れながら、いかにもさようにございます」

「おおっ、酔いどれどの、正直に答えおるぞ、登季」

「殿、赤目どのの目には、この場に公方様がおられようと、おりょうの姿しか映じておりますまい。われらなど刺身のつま以下にございます」

登季は答えると、ほっほっほと笑い、

「おりょう、ささっ、そなたが日頃申していた酔いどれ様のお子を私にも抱かせて下され」

とおりょうに願った。

「奥方様、ただ今、赤目様の背から駿太郎様を下ろしますゆえ、暫時《ざんじ》お待ち下さいませ」

おりょうは小籐次の背に回ると、小籐次が負ぶい紐を解いたところで駿太郎を抱きとった。そして、お女中の一人に命じて床几を運ばせ小籐次を座らせた。

おりょうは駿太郎を高く抱え上げ、

「おお、また一段と大きくなられましたな」

「おりょう様、もはや伝い歩きを致します。男手で育てておりますゆえ、ちと育ちが遅いようで案じております」

おりょうがくるりと駿太郎を両腕の中で回し、駿太郎の顔と間近で対面すると、

「これほど顔色のよい駿太郎様です。お育ちが遅いことなどございましょうか」

と答え、

「駿太郎様、りょうを覚えておられますか」

と話しかけると、駿太郎が満面の笑みでご機嫌な声を上げた。

「おおっ、おりょうとの再会を喜びおるぞ。なかなか賢い子ではないか」

と監物も嬉しそうだ。

「おりょう、私にも抱かせてくりゃれ」

登季がおりょうの傍らに歩み寄って願い、おりょうの手から登季の腕へと駿太郎が渡った。

「おお、これは重うございますぞ。足もしっかりとして、大きく成長致しましょうぞ。それに養父の赤目様とは異なり、なかなかの男前にございますな」

と登季が言いかけると、駿太郎が大きな笑い声を上げた。

「そなたもそう思われるか。養父どのは天下一の武芸者ですがな、正直見目麗し

いお顔とは申せぬでな。そなたにはようございました」

登季の正直な感想に、茶会に集う女中衆から思わず笑い声が上がった。

「いえ、奥方様、りょうには赤目小籐次様ほどお顔が勇ましくも整うたお武家様はおられませぬ」

「おりょうは、なんとも不思議な目を持っておられますな」

と感心しきりの登季に駿太郎が、

「ばば、ばば」

と言いかけた。

「おお、登季はそなたの婆様か。よいよい、そなたの目には婆と映りましょうな」

登季も満足の笑みで駿太郎に微笑《ほほえ》みかけた。

「奥方様、駿太郎は男はじじ、女なればばばと呼び、未だ年の区別が付きませぬ。過日、吉原に参ったときも花魁衆をすべてばばと呼んでおりました」

「なにっ、駿太郎を連れて華の吉原に遊びに参ったというか」

監物が呆《あき》れて問いかけた。

「殿様、遊びに参ったわけではございませぬ」

小籐次は、水戸藩の作事場で拵《こしら》える新作の行灯《あんどん》について、あれこれと知恵を授けてくれた花魁の清琴太夫《すがことだゆう》にでき上がったものを届けた経緯を語った。

息を呑んだのは監物だ。

「水戸家で売り出す一つ百両の吉原明かりが巷《ちまた》の評判じゃそうな。そうか、そなたが拵えたものか」

「はい。それがしが作った白檀《びやくだん》の台座と竹の行灯に、格別に漉《す》いてもらった西ノ内紙を張り、水戸家の御用絵師の額賀《ぬかが》草伯《そうはく》どのが狩野派の腕を振るった明かりにございます」

「聞いた、聞いた」

「殿、そのような明かりをこの酔いどれ様が作られましたか。一度、眼福に与《あずか》りたいものですね」

登季が監物に言いかけた。

「西ノ内紙を使った行灯はおりょうも一つ頂戴致しましたが、なんとも味わいのある明かりで大事に使わせてもろうております。されど、水戸藩の御用絵師額賀様の描かれた絵模様の明かり、拝見しとうございます」

「なに、登季様もおりょう様もご所望ですか。困った。行灯は作れますが、額賀様の絵が足りませぬ」

　と小籐次が困惑顔をした。

「酔いどれどのにも抜かりがあるな。狩野派の御用絵師ではないが、おりょうの北村家は御歌学者の家系。ために、おりょうの画文はなかなかのものじゃぞ。行灯におりょうの手で絵と御歌を加えるというのはどうじゃな」

「殿様、このおりょうに額賀草伯様の代わりが勤まるわけもございません」

　とおりょうが遠慮した。

「百両で売り出す話ではないぞ、おりょう。興に任せての明かりを作ろうという話じゃぞ」

　監物の言葉に頷いた小籐次が、

「それがし、うかつにもおりょう様の画文の才を存じませなんだ。ならば、次の機会にそれがしが一つ百両の吉原明かりとは意匠の違うものを拵えてきますで、絵と御歌を添えて下され」

「素人《しろうと》の絵はさておき、御歌は本家の季文様に差し障りがあってはなりませぬ。徒然《つれづれ》の文でよければ書き添えます」

　と請け合った。

「その明かり、登季様にお贈り致しましょう。それでよいかのう、おりょう様」

「私はすでにひとつ頂戴しております。私が座興を加えた明かりでよろしければ、奥方様、ぜひ使って下さいませ」

とおりょうが小籐次になり代わって返事をした。そして、小籐次を振り向き、

「赤目様、そちらに持参の風呂敷は駿太郎様のむつきと存じますが、今一つは殿様へのお土産《みやげ》ではございませぬか」

と、おりょうが金杉橋の甘味屋で買い求めた草餅の入った葉蘭の包みを指した。

「おお、忘れておった。金杉橋の袂で作られる草餅にございます。殿様方にはざっかけのうて普段は食されぬかもしれませんが、物は試し、町人の食べ物、食してみられませぬか」

と小籐次が包みを登季に差し出した。

「草餅とな、大好物にございます」

と再び笑みを浮かべた登季が、

「おそよ、ちと駿太郎どのを預かってたもれ」

とお女中に手渡すと、葉蘭の包みを受け取った。

「なんとも重いではございませぬか、赤目どの」

「二十ほど包んでもらいました。なんとかこちらにお集まりの方々に二つずつは行き渡る数でございます」

お女中衆から静かな歓声が上がった。

登季が包みをおりょうに渡した。そして、自らは茶を点てるつもりか、床几から立ち上がった。

おりょうが葉蘭にかけられた紐を解くと、草餅が二十個ほど姿を見せた。

「奥方様、ご覧下さいまし。なんとも美味《おい》しそうな草餅にございますよ」

東屋の中で点前《てまえ》に入っていた登季が草餅に目をやって、

「瑞々《みずみず》しい葉蘭の緑の上に草餅のやさしい緑が、なんとも爽やかにございますな。この草餅には濃茶より薄茶がようございましょう」

と見事な点前で薄茶を点て、

「赤目小籐次どの、いかがにございますか」

と古備前の茶碗を自ら小籐次に供してくれた。

「奥方様、それがし、御奉公の折は下屋敷の厩番、ただ今は町家で長屋住まいの不調法者にござれば、茶道の心得は存じませぬ。そこつがあらば、お見逃し下さりませ」

と両手で茶碗を受け取り、しばし茶碗の肌合いを掌《たなごころ》で確かめるように慈しんで、ゆっくりと器を回し、

「頂戴致します」

と口を付けた。そして、茶を悠然と口の中で楽しんで喉に落とした。

「見事な作法ではないか。一芸に秀でた者は茶道の心得なくも、このような見事な間合いで茶を喫するか」

「殿様、ただ、酒を頂戴するように茶を喫しましただけにございます」

「おお、酔いどれ流の茶道か、見事なり」

新たに一座に草餅が添えられた薄茶が供された。

監物が草餅を食して、

「奥や、これはなかなか野趣のある草餅じゃぞ。草餅はこうでなくてはいかぬ」

「ほんに、昔どこかで食した草餅の味にございます」

と登季も喜んだ。

「金杉名物の草餅のヨモギは、新堀川の上流の下渋谷村の土手で摘んだものでございますそうな」

「渋谷川土手のヨモギか」

　おりょうも草餅を食べて小籐次に微笑みかけ、

「これは、なによりのものを赤目様に頂戴致しました」

　と満足げに頷き返したものだ。

「金杉橋で購《あがの》うた草餅がこれほど喜ばれようとは、おりょう様に挨拶に来てようございました」

　小籐次もおりょうに応えると、お女中らに構われる駿太郎に視線をやった。

「そうやって駿太郎様に注がれる眼差《まなざ》しは、もはや父親のものにございますね」

「おりょう様、それがしに父親の代わりが勤まるとも思うてはおりませぬ。じゃが、致し方なき仕儀にて駿太郎を育てることとなった以上、なんとか駿太郎が元服するまで堅固でいたいものと考えており申す」

「酔いどれどの、駿太郎の父親はそなたの命を狙った刺客であったそうな。おりょうから聞いたが、真《まこと》のことか」

「殿様、御鑓拝借に絡んでさる大名家の中老と出入り御用商人が、それがしの命を絶たんと放った刺客にございました。背丈は六尺になんなんとする偉丈夫、長旅で陽に焼けておらねば白面の貴公子と申してよい風采《ふうさい》にございました。駿太郎は須藤平八郎どのの面影に生き写しにございます」

「須藤平八郎と申されたか、駿太郎の父御は」

「いかにもさようでした」

「剣術の腕前はどうか」

「江戸にて道場破りを生業《なりわい》にして駿太郎を育てていた時期もございます。なかなかの腕前にございます」

「駿太郎は父の風姿を継いでおるわけだな」

と、なにか考えでもあるのか、監物が尋ねた。

「駿太郎がしっかりと歩くようになりましたら、それがしが来島水軍流を駿太郎に仕込みます」

「酔いどれどの仕込みの来島水軍流か、見てみたいものじゃな」

と応じた監物が、

「登季、おりょう、酔いどれどのに茶と持たせものの草餅では、ちと愛想がなかろう。酒《ささ》を仕度してくれぬか。下屋敷にて赤目小籐次と酒を酌み交わすなど、そう滅多にあることではないからな」

「これはしたり、ほんに大事な接待を忘れておりました」

と登季がお女中衆に酒の仕度を命じた。

「おりょう様に時候の挨拶に出て、殿様と奥方様にお目にかかり、そのうえ酒まで頂戴できるとは、赤目小籐次、幸せ者にございます」

「われらは付け足し、酔いどれどのにはおりょうと酒があればよいのであろうが、今日は致し方なきことと諦めよ」

と監物は言い、

「赤目小籐次、近頃、面白い話はないか」

「面白い話にございますか。昨日は久慈屋の大番頭どのの掛取りに同道致しまして、武家屋敷ばかりを三軒梯子《はしご》致しました」

「なに、久慈屋の掛取りに武家方を三軒梯子したと申すか。久慈屋の大番頭が出向き、酔いどれどのまで同道致したとなると、掛取りの額は大金ということになるか」

「さてそれは」

と小籐次は受け流し、

「最後のお屋敷を、大番頭どのと小僧さん、それがしの三人が出たのは五つ半(午後九時)を大きく回っておりました。麴町から芝口橋の久慈屋に戻るには桜田堀を通らねばなりませぬ」

「おおっ」

と監物が声を上げた。

「殿、桜田堀がなにか」

「奥、最近桜田堀に大河童が現れて、京極家家中の侍を斬り殺したとか、懐のものを強奪したとか、そんな噂が流れる桜田堀であるぞ。酔いどれどの、出たか、大河童が」

「出ました」

と小籐次は昨夜の顚末を監物らに話して聞かせた。

「さすがは御鑓拝借の赤目小籐次、大河童を大爪と見破ったか」

「昨日の今日にございますれば、あやつらが何者か、分りませぬ。今頃、南町奉行所の厳しいお調べを受けておる最中にございましょう」

「いかにもいかにも、調べが付いたら、また報告に来てくれぬか」

と監物が願った。

「殿様のご様子を窺《うかが》いますれば、その懸念はないと安心致しましたが、杉本茂十郎の失脚にはお関わりございますまいな」

と小籐次は案じた。

「三橋会所の一件か。城中は上を下への大騒ぎの最中でな、われら、大御番頭《おおごばんがしら》という武官職ゆえ、幕府財政には直接的な関わりはない。じゃが、勘定方のだれぞれが大金を杉本茂十郎に預けて運用を頼んだとか、いや、上様ご側近に何年分もの俸禄を損したものがおるとか、神経に障る話ばかりでな。それで下屋敷に逃れたところであったのだ」

「これは迂闊《うかつ》にご不快な話を持ち出しまして」

「酔いどれどのと話している分には、同じ話題でも差し障りがないわ。この一件、露呈しておることはほんの一部。これで終わるかどうか、多くの方々が戦々恐々としておられるわ」

お女中衆が男衆に四斗樽を運ばせてきた。

「これは恐縮至極」

「そなたを持て成すには一升二升では事足るまい」

「いえ、殿様、駿太郎が一緒にございますれば、ほんの一口頂戴してお暇《いとま》致します」

「われら、今宵は下屋敷泊まりである。おりょうもおるゆえ、今晩、駿太郎ともども屋敷に泊まって参れ。のう、おりょう」

はい、と監物に答えたおりょうが、

「毎度、赤目様のお心を煩《わずら》わせて恐縮にございますが、改まって聞いて頂きたいことがございます」

と小籐次の顔を見た。

「おりょう、小籐次どのに色よい返答を頂くには酒《ささ》をお飲ませすることですよ」

と登季が朱塗りの大杯をおりょうに差し出した。

三

その夜、小籐次と駿太郎は、思いがけず水野監物の下屋敷に泊まることになった。お長屋にでも寝かせられるのかと思ったら、おりょう自らが案内したのは、母屋の一部屋であった。すでに寝床が敷かれ、駿太郎がすやすやと寝息を立てて眠っていた。

水野家には三人の男子がおり、その兄弟が使っていた子供用の夜具と寝巻まで着せられていた。

「おりょう様、それがし、裏長屋住まいの身、このような部屋で絹布団に包まれて寝たことはござらぬ。相すまぬが、お長屋にしては頂けぬか」

「りょうと同じ屋根の下では眠り難《にく》うございますか」

「いかにもさよう。緊張して一睡もできますまい」

監物は東屋から屋敷に宴の場を移させて、小籐次を相手に、登季、おりょうの四人で夏の宵をゆるゆると過ごした。

「殿様、今宵は存分に酒を頂戴致しました。赤目小籐次、かような接待に与り、お礼の言葉もございませぬ」

「なんのことがあろうか。われらも気兼ねない夕餉の膳であったわ。それに、前々からそなたとは一夕《いっせき》酒を酌み交わしたいと願うておった。予もおりょうもそなたなくしては、かようにのんびりと酒など飲んでおられなかったであろう。それを思うと、そなたにはいくら感謝しても し足りぬわ」

と水野監物がまじめな顔で答えたのは、大御番頭の同輩岡部長貴との確執と諍《いさか》いを小籐次が間に入って監物に助勢し、解決をみたことと、なんとも訝しい高家肝煎・畠山頼近との縁談話に隠された悪事を小籐次が暴き出し、おりょうの不幸な嫁入りを阻止したこと、二つの騒ぎを言っていた。

四つ（午後十時）前、四人の宴が果て、おりょうに案内された寝間が屋敷の一角であったのだ。

その間、駿太郎は水野家のお女中衆の手で湯浴みをさせられ、夕餉には白身の魚の煮付で少し柔らかめに炊かれたご飯を食べさせられて、終始満足の様子を見せていたという。

肩の凝らない四方山話《よもやまばなし》に小籐次らが興じている間に、駿太郎は用意された部屋に寝かされたというわけだ。

「眠れなければ、私と一晩話して過ごしましょう」

「おりょう様、赤目小籐次も男子にございます。豹変《ひょうへん》しておりょう様を襲う心得違いを致さぬともかぎりませぬ」

困惑の体で答える小籐次に、目元をほんのりと酒の酔いで染めたおりょうが、

「赤目様、そのお言葉、私の胸を熱く滾《たぎ》らせます」

「はっ」

と小籐次がおりょうの顔を見て、慌てて視線を逸《そ》らし、

「おりょう様、赤目小籐次をおいたぶりにございますか」

「いたぶりなど致しませぬ。至って正直に心の内を吐露しております」

「分らぬ」

と小籐次が呟き、

「それがし、耳までおかしゅうなったか」

「私の言葉が届きませぬか」

「夢を見ているようで、よう分らぬ」

ほっほっほ、とおりょうが笑い声をあげた。

「私の気持ちが未だ赤目様には伝わりませぬか」

「おりょう様、考えても見て下され。赤目小籐次は五十路を過ぎた爺侍、見てのとおりの風采に五尺の矮軀《わいく》、禄なく家なく身寄りなく、いや、身寄りは駿太郎が一人おるだけの年寄りにござる」

「いえ、赤目小籐次様は大名四家を向こうに回して主君の恥をお雪《すす》ぎになられた武勇のお人、これ以上の男子《おのこ》が満天下におられましょうや」

「おりょう様、それがし」

おりょうの手が不意に小籐次の膝の手に重ねられた。

「赤目様が私を見初《みそ》められたのはいつのことにございますか」

「そ、それはおりょう様が大和横丁の水野様下屋敷にご奉公に上がられた日、おりょう様は初々《ういうい》しい十五、六の娘御にございました」

「以来、そなた様はこの私に想い焦がれて参られましたか」

この夜のおりょうは大胆であった。

「ひ、密かにお慕いして参った。ただそれだけのことにござった。なんの野心もござらぬ」

「して、その歳月は」

「十六、七年か」

「互いに長い歳月が過ぎ去ってしまいましたね」

「いかにも」

「赤目様はいつぞや、それがしの旗印はおりょうと申され、いつでもその命を投げ出すとの言葉をお洩らしになられました」

「嘘偽りはござらぬ」

小籐次は膝の上の拳《こぶし》に重ねられたおりょうの柔らかな手を感じて、身を震わせていた。そして、思い切ったように膝の白い手を見つめながら小籐次は問うた。

「おりょう様は常にこの界隈の若侍の憧憬、思慕の女性《にょしょう》にございました。いや、大和横丁の大名屋敷、旗本屋敷だけではござらぬ。水野家に美貌の女あり、と江戸でも評判のおりょう様ゆえ、どのような相手もございました筈《はず》。どうして独り身を通されましたな」

「さて、どうしてでございましょう」

おりょうが口を利く度に、芳しい香が小籐次の鼻腔に心地よく匂《にお》ってきた。

「お好きな人がおられたが、若くしてお亡くなりになられたか、想い慕うお人が禁断のお方か」

「赤目様、いずれの推量もあたっておりませぬ」

「では、なにが独り身を貫かれる理由にございますか」

「女は嫁に行かねばなりませぬか」

「おなごの幸せは、殿方に嫁ぎ、子を儲けて、とも白髪《しらが》の老境を迎えるものかと小籐次、存ずる」

「赤目様、なぜ、嫁様を娶《めと》られないのですか」

「おりょう様、ご承知のとおり、それがし昔は貧乏小名の下屋敷厩番、三両一人扶持《ぶち》の身でございました」

「そのようなお方は赤目様だけではございますまい。それでも所帯をなし、子を儲けて、暮らしを立てておられるお方もございます」

「はて、どうして赤目小籐次、独り身を通したか。天が定めた道に従うたのでございましょうかな」

「私も同じにございます」

「いや、おりょう様は違う。おりょう様はすべてを兼ね備えた女性にござれば、なにも取り柄のない赤目小籐次の独り身と一緒に論じることなどでき申さぬ」

「そのようなことをいつまで繰り返されますな。それほど私の言葉が信じられませぬか」

「おりょう様はそれがしにとって雲上の女、かように御手を重ねておられることが小籐次信じられませぬ。これは夢じゃ、夢にございますな」

小籐次はぶるぶると身を震わせた。

行灯の灯心がじりじりと燃える音だけが小籐次の耳に大きく響いていた。そして、自らの心臓が荒々しくも弾んでいた。

不意におりょうが膝を詰めてきた。二人の膝と膝が接して、おりょうの芳しい匂いが小籐次の脳髄に満ちた。

「小籐次様、りょうをお蔑《さげす》みあるな」

おりょうのもう一方の手が、小籐次の無骨な手を持ち上げると自らの襟元に導いた。

「お、おりょう様」

「これがりょうの胸の鼓動にございます。未だ私の気持ち、お疑いですか」

「わ、分らぬ」

小籐次の掌がおりょうの乳房に触れた。体を稲妻が貫いたようで小籐次は混乱した。

「柔らかな乳房よ。こ、これは夢か、夢なれば醒《さ》めんでくれ」

「うつつにございます」

おりょうの体が小籐次の身に預けられ、ためにおりょうの乳房が掌の中でしなやかに撓《たわ》んだ。そして、駿太郎が寝息を立てる傍らの絹布団の上に、重なり合った二つの身がゆっくりと倒れ込んだ。

乳白色の朝靄《あさもや》が今里村界隈に流れていた。

小籐次は旧主久留島家下屋敷の門前に立っていた。

夏の朝はすでに訪れ、下屋敷の門扉は大きく開かれていた。背の駿太郎は、

「あぶあぶ」

と言いながら空腹を訴えていた。

夢の一夜が過ぎて、とろとろとまどろんだ小籐次が目を覚ましたとき、おりょうの姿は掻き消えて、うつつの跡を示すおりょうの残り香が薄く漂い残っていた。

「一夜の夢であったわ」

小籐次は傍らに眠る駿太郎のむつきを取り換え、駿太郎を借り受けた寝巻から普段着へと着替えさせると背に負い、風呂敷包みを下げて、そおっと水野家を辞して大和横丁に出た。

小籐次の頭は混乱していた。

靄が流れる大和横丁に佇《たたず》み、ふと久留島家の様子を見てみたい思いに駆られた。そこで水野家からほど近いその門前に立ったところだった。

朝靄が漂い流れる前庭に、背が丸まった年寄りが姿を見せた。手に箒《ほうき》を持つのは下屋敷用人高堂伍平《たかどうごへい》だ。

小籐次は、物心付いた折から承知の高堂用人をじいっと眺めていた。そして、庭番の老爺はどうしたかと考えていた。

不意に高堂が顔を上げて門前に立つ小籐次を見た。だが、直ぐにはそれが何者か分らぬ様子で、ただ黙したまま見詰めていた。

「高堂様、お久しゅうござる」

小籐次が腰を折り、頭を下げた。

「そ、そなたは赤目小籐次か」

「いかにも赤目にございます」

箒を片手に引《ひ》き摺《ず》って門前に出てきた高堂が、

「とうとう町家の暮らしに嫌気が差して屋敷に戻って参ったか。そなた、わが藩と藩主様に後ろ足で砂をかけるように出ていった男じゃぞ。どの面下げて戻って参った。見れば背に赤子を負ぶい、風呂敷一つで尾羽打ち枯らして旧主の屋敷の前に立つとは、情けなや」

と高堂がはらはらと涙を流した。

「高堂様、屋敷に戻ってきたわけではございませぬ」

「なに、この期《ご》に及んでそのような言辞を弄《ろう》するか。なぜ正直に屋敷に戻らせて下されと頼まぬ。それなれば、この高堂伍平が白髪頭を下げて、そなたの帰藩を上屋敷用人どのに願うてやる」

「高堂様、ただこの界隈を通りかかり、懐かしさの余り」

「戻ってきたのじゃな」

「いえ、ご挨拶に立ち寄っただけにございます」

高堂が腰をのばして小籐次の顔を覗き込んだ。

「ふむ、よう見ればなにやらそなたの顔は艶々《つやつや》しておるな。そなた、赤子連れで品川の飯盛り女のところに泊まって参ったか」

「いえ、そうではございませぬ」

「では、なんだ」

高堂の表情が急に白け、口をへの字に曲げて、

「言うてみい」

と迫った。

「ゆえに、懐かしさのあまり屋敷を見に来ただけにございます。ご迷惑の様子、これにて失礼致します」

小籐次は踵《きびす》を返すと、久留島家下屋敷を離れようとした。

「ま、待て。そう急ぐこともあるまい。そなたの好きな朝粥《あさがゆ》もそろそろ炊ける頃合じゃ。懐かしさのあまり訪ねて参っただけというなれば、朝餉くらい食していけ」

「迷惑ではございませぬか」

「今更、迷惑もなにもあるものか。そなたに驚かされ、肝っ玉を縮めたのはもう何年も前のことだ」

高堂に手を引かれるようにして裏口から台所の土間に入った。すると、竈《かまど》の前に飯炊きの老婆おみつがいて、朝粥を炊く大釜の蓋《ふた》を見ていた。

下屋敷のことだ。藩主の通嘉《みちひろ》が立ち寄らないかぎり、下屋敷の奉公人は高堂用人以下十数人だ。それが朝から夕暮れまで三度の食事を共にし、内職に勤《いそ》しんできたのだ。

「珍しい者を連れて参ったぞ」

と高堂が声を張り上げた。

板の間で膳を並べていた女中やおみつが顔を上げて、駿太郎を負ぶった小籐次を見た。

「無沙汰にござる」

呆然と小籐次を見ていたおみつ婆さんが、

「酔いどれ様ではないか」

「いかにも赤目小籐次にござる」

板の間の台所女中のおしげも、

「驚いた、赤目様が戻って参られたよ」

と大声を張り上げた。すると、屋敷のあちらこちらから男衆や女衆十人余りが飛んできて、

「おお、赤目様だ」

「酔いどれ様が子連れで戻ってきたぞ」

と大騒ぎした。

その騒ぎを高堂が制し、

「赤目小籐次め、町家暮らしに嫌気が差し、戻って参ったかと思うたが、偶々《たまたま》この近くを通りかかったで懐かしさの余り立ち寄っただけと、可愛くないことをぬかしおる」

「なんだ、お里帰りか。江戸で赤目小籐次が赤子を育てておると聞いたが、やはりほんとうであったか」

と同輩の軽部《かるべ》助太郎《すけたろう》が笑いかけた。

「御用の折、芝口橋の久慈屋の前を通ったが、そなたがすっかり町家の暮らしに慣れて、屋敷暮らしより贅沢をしておると、あの界隈の者に聞かされたのだ。なるほど顔の色艶も断然よいな。さすがに町家は食べ物もよいとみゆる」

「軽部、わが屋敷が粗食に耐えておるような言い方ではないか」

「朝は粥、昼は蒸《ふ》かし芋、夜に雑穀入りの飯に一汁一菜。これを粗食と呼ばずしてなにを粗食と称しますな」

「言うな」

と応じた高堂が小籐次の顔をくんくんと嗅ぎ、

「女の化粧の匂いやら酒の匂いやら、させておるぞ、こやつ」

と睨んだ。

「高堂様、昨日、近くの水野様の下屋敷にご挨拶に立ち寄りましたところ、水野監物様、登季様がご静養に参られており、赤目、よう来た、徹宵《てつしょう》して酒を酌み交わそうぞと引き留められたのでございます」

「なに、水野様のお屋敷に泊まったと申すか」

「いかにも」

「待て、あの屋敷にはこの界隈で評判のお女中がおったな」

「北村おりょう様にございますぞ、ご用人」

と軽部が即座に答えた。

「おりょう様とお会い致したか」

「お目にかかりました」

「お目にかかったじゃと。そなた、意外に水野家に食い込んでおる様子じゃな。どのような手を使うて大身旗本一族を騙《だま》したな」

「騙したとは人聞きが悪うござる、軽部どの。それより、駿太郎も腹を空かしており申す。ご用人、なんぞわれらに馳走してくれませぬか」

「おお、忘れておった」

小籐次の背の駿太郎が下ろされて、女衆が、

「もう歯も何本か生えているよ。粥なら食べられよう」

「卵の黄身を落としたほうがよかろうか。それともじゃこを散らしましょうかな」

と大騒ぎになって、小籐次の昔の膳が持ち出され、大根の葉っぱを煮込んだ粥と、油揚げと葱の味噌汁に胡瓜《きゅうり》の浅漬けの朝餉を馳走になることになった。

「うん、久しぶりに食してみると、久留島家の朝餉もなかなかのものじゃぞ」

「赤目、そなた、軽部が申すように贅沢をして口が奢《おご》ってきたか」

「高堂様、それがし、五十路近くまでこの屋敷で三度三度食してきた人間にございます。今更、山海の珍味を馳走しようと言われても、肩肘《かたひじ》が張るだけでおいし

くもなんともございませぬ」

「やっぱり食べておるな」

　小籐次は不意に箸を止めて、

「通嘉様はご壮健にございましょうな」

「只今在府中であられる。上屋敷のご用人にお聞きすると、殿はそなたのことが評判になるたびに、小籐次は息災にしておるようじゃが、なぜ屋敷に顔出しせぬ、と仰せじゃそうな。赤目、近々屋敷を訪ねてご挨拶を致せ」

　と命じ、

「はっ」

　と畏まった小籐次は、二杯めの朝粥を啜り込んだ。

四

　小籐次と駿太郎は新兵衛長屋に戻る途中、芝口橋の久慈屋に立ち寄った。

　四つ(午前十時)の刻限だ。

　早や赫々《かっかく》たる光が差し込む店頭は暑さのせいか、いつもより客が少なく、気《け》だるい空気が漂っていた。

「赤目様、一昨日はお世話になりました。お陰様で御用が無事に勤め上げられたうえに、久慈屋の名が一段と江都に喧伝《けんでん》され、昨日などはうちを覗きにくる野次馬でごった返しておりましたよ」

「おや、それはまたなぜでございますな」

「勝五郎さんが彫った読売が、桜田堀の大河童事件を大仰《おおぎょう》に書き立てたせいですよ」

「おお、勝五郎どのが張り切って読売屋の鼠《ねずみ》のほら蔵さんのところに報告に行ったところまでは承知ですが、そんな騒ぎがございましたので。ご迷惑でしたな」

「空蔵さんは、なかなか腹の据わった人物ですな。勝五郎さんの注進で即刻、長屋に赤目様を訪ねたそうですが、お留守というのでうちに見えて、桜田堀皂角河岸の大河童事件の顚末をまああれこれと問い質《ただ》していかれましたがな。見ていた私がわくわくするような読売に仕立て上げて、江戸じゅうに売り捌く腕前は、並の読売屋ではございませんぞ。鼠のほら蔵などと茶化しておられますが、ありゃ、一廉《ひとかど》の読売屋です」

と観右衛門が空蔵を褒め称《たた》えた。

「ああ、それから最前のことですが、難波橋の秀次親分も新兵衛長屋を訪ねたそうで、赤目様がおられぬとうちに見えました。駿太郎様を連れてどこぞに行っておられましたか」

「こちらから戻った後、ふと思い付いて、大和横丁の水野家の下屋敷までおりょう様に無沙汰の挨拶に伺ったのでござる」

「おりょう様の許にご挨拶でしたか。お喜びになられたことでしょうな」

「主の水野監物様と奥方の登季様が下屋敷にご滞在中で、庭で茶会を催されていた殿様にお目通りを許され、あれこれと話が弾み、ついには屋敷に席を移して酒と夕餉を馳走になったうえ、駿太郎ともども屋敷に泊まる羽目になった」

「おお、水野の殿様も赤目様との屈託のない話で、日頃の御用のお疲れをお忘れになって楽しまれたとみえます」

「朝、目覚めたとき、なんと厚かましい仕儀に立ち至ったかと早々に水野家を退散し、ついでと申してはなんじゃが、旧主久留島家下屋敷に立ち寄って朝餉を馳走になり、このような刻限に芝口橋に現れたというわけにござる」

「赤目様も時に息抜きが要りましょう。よいお休みにございましたな」

「おりょう様は近々実家のお父上北村舜藍《しゆんらん》様の代役にて、鎌倉で催される御歌会に出向くことになったそうで、それがしに同道を願われた」

「おお、それは楽しみな」

観右衛門は、小籐次がおりょうへ抱く密やかな思慕の心を承知で応じた。

「観右衛門どの、それがしは道中の警護役にございますれば、気を遣うお役にござる」

「いえ、赤目様のお顔を拝見致しますに、満更ではないと書いてございますよ」

「えっ、それがしの顔にそのようなことが」

小籐次は慌てて手で顔を擦《こす》った。

「字が書かれているわけもなし、お気持ちがお顔に表れていると申し上げただけです」

「おお、さようか」

「いつ、出立ですかな」

「まだ日取りははっきりせぬが、ご実家からのご命を待って四、五日内ということにござった」

「ならば、駿太郎様は長屋に残していかれますな」

「警護のお役目、子連れではちと差し障りがあろう」

「いえ、道中は別にして鎌倉で御歌会となると、駿太郎様連れではちと」

「長屋のお麻さんに頼んでみようかのう」

「うちでも時折顔を覗かせますで、駿太郎様のことは安心して鎌倉にお行きなされ」

と答えた観右衛門が、

「さて、これからうちでひと仕事願いたいが、昨日の様子から察して、本日も大勢の野次馬が酔いどれ様のお顔拝見にこの店先に押し掛けるは必定《ひつじょう》。今日は早々に長屋に帰られるのがよかろうかと思います」

「ならば即刻、退散致そうか」

「あっ、そうそう、難波橋の親分が一昨日のお礼にお見えでございましたよ。南町ではただ今大河童の越五郎一味を厳しく吟味している最中でございましてな、あやつらのことが知りたければ勝五郎さんに聞かれることとです。大河童捕り物の顚末を大仰に仕立てあげた張本人の一人ですからな」

「あの連中のことを詳しく知ったところで、どうなるものでもなし。ただし、長屋では勝五郎どのが鼻を蠢《うごめ》かせて、それがしの帰りを待ち受けておろうな」

小籐次はうんざりした返事を観右衛門に返すと、そのまま久慈屋の店先から立ち去ることにした。

新兵衛長屋の木戸口では日陰に蓆を敷いた新兵衛が孫のお夕に見守られて、ままごと遊びをしていた。すると突然、新兵衛が歌い出した。

「七つとやぁ、なむあみだぶつを手にそえて、後生ねがいのお爺さまぁ、お婆さまぁ!」

「爺ちゃん、大きな声で歌うのは近所迷惑よ。も少し小さな声で歌いましょう。そのほうが愛らしく聞こえるわ」

孫の注意にこっくりと頷いた新兵衛が、

「八つとやぁ、やわらこの子は千代の子じゃ、お千代で育てたお子じゃもの、お子じゃものぉ」

新兵衛の歌を邪魔しないように足音を忍ばせて木戸口に歩み寄った小籐次は、

「お夕ちゃん、ただ今戻った」

振り向いたお夕が、

「あら、赤目様、どうしたの。久慈屋にも泊まってないというし」

と昨晩の行動を尋ねた。

「水野様のお屋敷に挨拶に参ってな。殿様に引き留められて酒を馳走になったうえに駿太郎と泊まって参ったのだ」

「よかったわね」

とお夕が頷いた。

「よかったとはどういうことかな。なんぞ長屋であったかな」

「勝五郎さんとこの読売屋さんが、大河童を赤目様が手捕りしたと派手に書いたものだから、酔いどれ小籐次様の長屋はどこかと野次馬がぞろぞろと押し寄せてきたのよ。それを勝五郎さんが得意げに、こちらが酔いどれ様のお住まいですとか、この河岸下に舫《もや》われた小舟が生計《たつき》を立てる小舟ですとか、あれこれ説明役を務めて日暮れまで大変な騒ぎだったんだから」

「なに、久慈屋さんにも迷惑をかけたと申すが、長屋まで物見高い連中が押し掛けたか。これは困ったな」

「駿太郎ちゃんは預かるわ。どこか夕暮れまで身を隠すところはないの」

と最近、新兵衛の世話をするようになって急に大人びたお夕が言った。

「それほどひどいか」

「あの鼠のほら蔵さんが、あることないこと書き立てたんだもの。この騒ぎ、当分続くってお父つぁんも言っているわ」

お夕の声が聞こえたか、居職の桂三郎も家から顔を出して、

「赤目様、お夕の言うとおりですよ。どこぞにお逃げなせえ。そうか、うちで夕刻までひっそりしていてもいいか」

「いや、桂三郎どの、それではどのような災難が降りかかるやも知れぬ。わしが小舟で仕事に出かけるのが一番よかろう」

「だったら駿太郎ちゃんを預かるわ」

とお夕が小籐次の背に回り、駿太郎を抱きとった。

「お夕ちゃん、世話をかける」

「どう致しまして。爺ちゃんの世話ばかりだと気持ちが沈み込むもの。駿太郎ちゃんがいたほうがなんぼかいいわ」

「ただ今、新しいむつきを持ってくるでな」

小籐次は汚れたむつきの包まれた風呂敷包みをさげて、まず井戸端に行き、盥《たらい》の中に汚れたむつきを入れて釣瓶《つるべ》で水を張った。

そこへ勝五郎がやって来て、

「おお、戻ってきたな、酔いどれの旦那。昨晩は駿太郎ちゃんをだしにして品川宿の飯盛りのとこでも泊まったか」

「どこのだれが子連れで女を買いにいくものか。それより、鼠のほら蔵どのが派手なことをやってのけたようだな」

「それだ」

と勝五郎が胸を張った。

「これまでの酔いどれの旦那の活躍はよ、御鑓拝借にしたって、小金井橋十三人斬りにしたって、お武家様が相手で読売に書くには差し障りがあらあ。だが、こたびの一件、桜田堀の大河童騒ぎはだれからも文句が出ねえってんで、ほら蔵さんが腕に縒《よ》りをかけて、酔いどれの旦那の獅子奮迅《ししふんじん》ぶりを芝居仕立てで書いたと思《おぼ》し召せ。昨日一日で並の読売の五倍も売れたんだと。そのせいで、このネタを持ち込んだおれに報奨金が出るそうな。出たらよ、貧乏徳利に上酒つめて届けるぜ」

「酒を頂戴するのはよいが、久慈屋にもこの長屋にも、物見高い衆が押し掛けているというではないか。商いにも暮らしにも差し支えるし、迷惑な話じゃな」

「なにが迷惑なものか。新兵衛長屋の名も久慈屋の看板も江戸に知られて、いいじゃないか。空店《あきだな》だってすぐに埋まるぜ」

勝五郎が小籐次に、

「今、一枚読売を持ってくるからよ、読んでみてくんな」

「勝五郎どの、読売を頂戴するのは遠慮致そう。ことの顛末は、わしがよう承知しておるゆえな」

「ちぇっ、話に乗ってこねえのか」

「おまえさんだけだよ、騒いでいるのは。長屋の衆だって、この井戸端から厠の前のせまい庭に大勢押し掛けられて、おお、ここが酔いどれ様の長屋か、意外に粗末だなとか、長屋の連中の暮らしぶりはおれっちと変わらねえやとか、ひどいのになると赤目様の部屋の戸を開いて中に入ろうという手合いもいてさ、一日でうんざりしているんだよ」

勝五郎の女房のおきみが、長屋を代表して勝五郎に文句を付けた。女衆も井戸端に集まってきて、おきみの猛抗議に顔を揃えて頷いた。

「てめえら、人が集まるってことがどれほど大事か、考えたこともねえのか。祭りだろうと祝言《しゅうげん》だろうと弔いだろうと、人が集まるのが大事なんだよ。今日は当の酔いどれ小籐次様がおられるんだ。長屋が賑《にぎ》わうぜ」

「待った、勝五郎どの。そなたの企《たくら》みには乗れん。わしはこれより仕事に出向く。帰りは陽が落ちてからじゃ」

「なんだよ、付き合いが悪いな。読売を買った連中はよ、赤目小籐次って爺様のもくず蟹の面を見にくるんだ。おれだけの応対じゃ不足だとよ」

「それは存ぜぬこと。わしはこれより駿太郎のおしめを洗い、直ぐにも長屋を出る」

と小籐次が宣言した。すると、おきみが、

「駿ちゃんのおしめなんぞ私たちが洗っておくよ。今直ぐにも長屋を出たほうがいいよ」

と勧め、女衆も賛同した。

「おきみさん、そのようなことを頼んでよいか」

「よいもなにも、この騒ぎの発端はこの逆上《のぼ》せ上《あ》がったうちの亭主だよ。それくらいしないと、わたしゃ、恥ずかしくてこの界隈を歩けないよ」

「ちぇっ、おれがなにをしたってんだ。読売を五倍も売り上げた功労者だぞ」

「間違うんじゃないよ。手柄の第一は酔いどれの旦那なんだよ」

「だから、おきみ。おれが赤目様を売り出して差し上げようと手薬煉《てぐすね》引いて待ってたんじゃないか」

小籐次は夫婦の諍う声を背に部屋に飛び込み、まず洗いたてのむつきを風呂敷に包み、さらに桶に仕事の道具を入れて、そそくさと部屋を出た。

井戸端では未だ勝五郎と女衆が喧々囂々やっていた。

「おきみさんや、これが駿太郎のむつきの包みじゃ。お夕ちゃんに届けてくれぬか」

「あいよ。洗濯はしとくよ」

風呂敷包みをおきみに渡した小籐次は、裏手に舫った小舟に向った。

「なんだよ、ほんとうに仕事に出かけるのかよ。困ったな」

「なにが困った」

「だってよ、昨日来た連中に、今日は酔いどれ様の顔が拝めるよって、約束しちまったんだよ」

「勝五郎どの、そなたの尻拭《しりぬぐ》いまではできかねる」

小籐次は小舟に降りると道具を積み込み、舫い綱を解いて石垣に手をかけた。

そして、ぎらぎらと輝くお天道《てんとう》さまを見上げた。

「どうしよう、おれ。酔いどれの旦那、おれも仕事に連れていってくんねえか」

「お断り致す。勝五郎どのは逃げてはならぬ。天に吐いた唾《つばき》にござれば、自ら始末なさるがよかろう」

「なあ、旦那。仕事は明日でもいいじゃねえか」

小籐次はぐいっと石垣を突いて小舟を堀留から押し出した。竿《さお》を手に水底《みなそこ》を突いた。小舟がぐぐ、ぐいっと進んだ。

「どうだい、報奨金の半分を酔いどれの旦那に差し上げるってのは」

小籐次は竿を櫓《ろ》に替えてゆったりと御堀との合流部を目指した。水面《みなも》を半町ほど進んで振り向くと、勝五郎が未だ未練げな顔で長屋の敷地に立っていた。

小籐次は小舟が進む方角に視線を戻し、

「さて、どこに仕事に出かけるか」

と考えた。

大川を渡って蛤町裏河岸に出向くには、昼前の刻限で遅過ぎる。そのうえ、うづがもう蛤町裏河岸の船着場から去ったことも考えられた。

「よかろう、畳屋の備前屋に参ろう」

と気持ちを定めて御堀に小舟を出した。

水上でさえ地面からの火照《ほて》りが漂ってくるほど暑い一日になりそうだった。

そのせいか、御堀も船の姿が少ないように思えた。

築地川にきてようやく川風を顔に受けた小籐次は、櫓に力を入れて、浜御殿と尾張様の蔵屋敷の間の流れを一気に抜けて江戸の内海に出た。すると、お日さまは中天にあってもはや日差しを遮るものはなにもない。

小籐次は破れ笠を頼りにひたすら北へと漕ぎ上がり、佃島《つくだじま》、石川島の薄い影を辿《たど》りながら、大川へと入って行った。

駒形堂の船着場に小籐次が小舟を寄せたとき、浅草寺《せんそうじ》で打ち出す時鐘が昼九つ（十二時）を告げた。

「時分《じぶん》どきじゃな」

どうしたものかと小籐次は考えたが、まずは備前屋に仕事があるかどうか、訪ねることが先決と考えた。小舟を舫《もや》うと、研ぎの道具を入れた桶を岸辺に上げて、ひょい、と小舟から飛び上がった。

金竜山浅草寺御用達の畳屋備前屋では畳針が畳を突き通る音が絶えて、昼餉の様子で店の広々とした土間はがらんと人影もなかった。

「ご免、赤目小籐次にござる」

と声をかけると、備前屋の倅神太郎の嫁のおふさが姿を見せた。

「あら、赤目様」

「時分どきに相すまぬが、御用があれば昼下がりにまた戻って参る。いかがかのう、親方に尋ねてはもらえぬか」

「なんですね、赤目様。そろそろお盆でうちは書き入れどきなんですよ。仕事はいくらもございます。ささっ、まずは台所に通って、昼餉を一緒にして下さいな」

「それはちと厚かましかろう。事情があって、かような刻限に出向いたわしが悪いのじゃ」

「そんな言い訳なんぞどうでもようございますよ。胡麻だれで食べる冷やし饂飩《うどん》に、じゃこまぶしの握り飯です。うちは赤目様もご存じのように男所帯のうえに大勢です、一人ふたり増えようとなんということはございません。ささっ、道具を土間の隅においてお上がり下さいな」

と紺地の浴衣の袖を折って襷《たすき》をかけたおふさが小籐次を板の間に招じ上げて、備前屋の台所に連れていった。すると、そこでは大勢の職人衆が冷やし饂飩を美味しそうにつるつると啜り込んでいた。

「なんだ、客かと思ったら赤目様かえ。ささっ、こっちに来なせえ」

と隠居の梅五郎が自分の隣を指し示した。

「ご隠居、かような刻限に顔を出し、相すまぬ」

「すまぬもなにもあるかい。酔いどれの旦那はまたまた手柄を立てたんだってな。読売をうちでは何枚も買ってきて、赤目様が皂角河岸で退治した大河童との闘いをさ、何度も声を出して読んだところだ。なんぞお上からご褒美が出たかえ」

「ご隠居、お調べの最中でそれどころではござらぬ。問題はその読売にござってな、なにを大仰に書き立てられたか知らぬが、大迷惑をしておる」

小籐次はこのような刻限に長屋を逃げ出し、浅草まで逃れてきた事情を話した。

「なにっ、物見高い野郎が赤目様の長屋まで押し掛けてるってかえ。驚いたな、元来、読売なんてものは大袈裟《おおげさ》に書いてあると相場が決まっていらあ。ははあん、これまで数々の勲《いさおし》を立てた赤目小籐次様を見てみたいと思うたか」

「このもくず蟹の面では暑さしのぎにもなるまい。却《かえ》って暑苦しくなるばかりじゃ」

ほとほと呆れたという顔の小籐次を見て、神太郎や若い職人衆が冷やし饂飩をたぐる手を止め、笑い合った。

第三章　研ぎ直し

一

　昼餉を備前屋で馳走になった小籐次はその好意に応えるために、店頭にいつもの研ぎ場を設けさせてもらい、煙草盆《たばこぼん》を置いて腰を据えた梅五郎の話し相手をしながら、備前屋の道具の手入れを始めた。

　ここ数日、砥石に向うことなくあれこれと他人様《ひとさま》の御用を勤めたり、おりょうに会いにいったりと落ち着きのない暮らしを続けていた。そのせいか、粗研ぎをする小籐次は手先に集中できなかった。むろん傍らに梅五郎がいて、四方山話の相手をすることも原因だが、普段ならば直ぐに研ぎに没頭できるところ、四半刻も気持ちが散漫なままに手を動かし、漫然と梅五郎の相手をしていた。そこで小籐次は気持ちを切り替え、道具を動かす速さをゆっくりさせて丁寧な研ぎを心がけた。

いつもの律動が戻ってきた。

「ほうほう、いつもの酔いどれ様の、しゅっしゅっと耳に心地よい音がし始めたよ」

梅五郎もそのことを気にしていたか、煙草盆に何本も作りおきした紙縒《こよ》りを煙管《きせる》の吸い口から突っ込んで、やにの掃除をしながら言ったものだ。

「このところ仕事を休んだでな。いつもの調子を取り戻すのに時がかかり申した」

「名人の酔いどれ様でも雑念が生じることがあるかえ」

紙縒りを吸い口から引き出した梅五郎が笑った。

「なんの名人なものか。雑念の塊《かたまり》、日々気が散らぬよう心がけるのに追われておる」

と小籐次が答えたとき、

「あ、い、痛たた」

と若い職人が畳針で手を突いたか、叫び声を上げた。

「丹次、てめえ、吉原の女郎のことなんぞ考えているから手元が狂うんだよ。仕事のときは雑念を追い払えと何度言い聞かせたえ」

梅五郎が怒鳴りながらも立ち上がり、丹次の怪我を確かめにいき、

「おふさ、焼酎と塗り薬を持ってこい」

と奥に向って叫んだ。

小籐次は梅五郎の姿が傍らから消えたせいもあって研ぎに集中し、黙々と作業に専念した。研ぎをかけられるために小籐次の前に集まっていた道具が見る見る少なくなった。

「さすがは酔いどれ様だ。気合いが入ったとなると一心不乱の仕事ぶりで、あっという間にはかどった」

梅五郎が言いながら、畳の端を切り落とす大包丁を手に、指先で刃の研ぎ上がり具合を確かめていたが、

「いつもの研ぎですよ」

と太鼓判を押した。

そんな刻限、小籐次が店開きしているというので、近所の長屋のおかみさんなどが出刃や菜切り包丁を手に研ぎを頼みにきて、小籐次が研ぐ間に梅五郎と世間

話をしていった。

そんな会話を小籐次が物売りの声のように聞き流して仕事を続けていると、

「おつたさんよ、この酔いどれ様の偽者がいるってか」

と梅五郎が声を張り上げた。

「うん、二、三日前のことかねえ。内職の虫籠《むしかご》を問屋に納めにいったらさ、下谷広小路同朋町の問屋付近でさ、赤目小籐次様が店開きしておられるてんで、品物を納めた後、挨拶に行ったんだよ。こうして知らない仲じゃないからね。そしたらさ、ちょうど仕事を終えて酔いどれ様が引き上げるところでさ、わたしゃ、背に声をかけようとしたんだ。そしたら、振り向いた赤目様のお顔がまるで違うじゃないか。私がさ、おまえ様が赤目様だなんておかしいよ、わたしゃ、酔いどれ様の知り合いなんだよと苦情を言うと、怖い顔で睨んで、さっさと広小路のほうに消えていったんだ」

「おつたどの、下谷同朋町には得意先はござらぬ。わしとは人違いじゃな」

小籐次が口をはさむと、

「だから、まるで違う爺様なんだよ」

「驚いたぜ、赤目小籐次の偽者が現れやがったか。それだけ赤目様の人気が満天下に轟いているという証《あかし》ではあるがよ」

「隠居どの、わしの偽者に扮《ふん》してなんの得がある」

「そりゃ、酔いどれ様、このご時世だよ。いきなり初めての家や店に行ってさ、刃物を研がせて下さいじゃあ、だれも刃物を預けたりはしないよ。それがし、かの酔いどれ小籐次じゃと名乗れば、そりゃ御鑓拝借の大看板の霊験あらたか、大概のとこが仕事をくれるよ」

「その者、研ぎ仕事をなしたのか」

「ああ、砥石を何個も古びた風呂敷に包んで、洗い桶は仕事先で借り受け、軒下で包丁なんぞを研いで一丁百二十文ほど取るらしいよ」

「わしの三倍の値じゃな。よほど腕がよいとみゆる」

「赤目様、感心している場合じゃねえぜ。そんな野郎のこった、そのうち、しっぽを出して評判を落とすよ。そうなると、ご本家の名に差し支えるというもんだ。どうするね、赤目様」

「わしは偽者を探し歩くほど暇人ではないでな、さしあたって放っておくしかあるまい」

と梅五郎に答えた小籐次は、おつたの持ち込んだ菜切りを水に浸《つ》けて刃先についた砥石の粉を洗い流し、指先で研ぎ具合を確かめた。

「おつたさん、その者、わしのもくず蟹面が似ても似つかぬと申したが、さぞ整った顔であったろうな」

「呑気なことを言ってるよ。そうだね、年の頃は本物のおまえ様とおっつかっつかねえ。無精髭を生やしたところは似ているといえばいえなくもないが、目がぎらりと光って怖かったよ」

「おつたさん、背丈はどうじゃ」

と梅五郎が小籐次に代わって聞く。

「それがまず同じ身丈かね、お武家にしてはなりは小さいよ。もしだよ、赤目様に兄弟がいて、兄だ、弟だといえば似てないことはないかね」

「それがしには兄弟従兄弟《いとこ》はおらぬ」

「やっぱり偽者だ」

「二本差しであったのだな」

「たしか黒塗りの刀を、一本だけだと思うけど腰に差していたよ。羊羹色《ようかんいろ》のぼろ袴を穿いてさ、縞《しま》の単衣の襟も解《ほつ》れているとこなんぞは、本物そっくりだ」

「食い詰めた浪人が赤目様を名乗って研ぎ仕事をしているかねえ。この界隈に姿を見せたら、うちの若い衆に捕まえさせて番屋にしょっ引くがねえ」

「ご隠居、その者、暮らしに困って考え出した赤目小籐次の偽研ぎ商いであり、わしの名を騙《かた》って暮らしが成り立つのならそれも立派な人助けだ。放っておかれよ」

「そうかえ、そんな呑気なことでいいかね」

梅五郎は小籐次の答えが呑み込めない様子だ。

小籐次はおつたの菜切り包丁を研ぎ上げ、

「話の聞き代じゃ。今日はただでようござる」

と渡した。

「えっ、ただでいいのかい。わたしゃ、酔いどれ様の偽者の話をしただけだよ。こりゃ、偽者と違って本物は強欲じゃないね」

おつたは喜んで頭をぺこぺこ下げながら備前屋の前から去った。

「どうも赤目様は甘すぎるよ。おりゃ、この話、続きがあってさ、なんぞ騒ぎを引き起こすと見たがねえ」

梅五郎が腹立たしそうに言った。すると、倅の神太郎が、

「お父つぁんがいくら力んだってしようがないよ。本物の赤目様がこうして泰然

自若としておられるんだ。忘れなよ」

と諫《いさ》めた。

暮れ六つ（午後六時）近くまで小籐次は備前屋の店先で働いた。備前屋の連中が作業を続けていたこともあるし、早めに長屋に戻って物見高い連中に捕まっても敵《かな》わぬという気持ちもあってのことだ。

夏のことだ。通りに光があって、備前屋の店先にも差し込んでいた。

道具箱を担いだ職人が備前屋の前を通りかかり、

「おや、酔いどれの旦那、こっちでも店開きかえ」

と声をかけて足を止めた。

「留、ちょいとここへ来な」

梅五郎が煙管の先で、留という職人を呼び寄せた。

「聞き捨てならねえことを言いやがったな」

「隠居、なんだよ。おりゃ、なにか悪いことを言ったか」

「酔いどれの旦那、こっちでも店開きかえ、とはどういう意味だ」

「どういう意味もなにも、酔いどれの旦那は、最前まで川向こうの本所《ほんじょ》で仕事をしていたろ」

「わしの偽者はあちらこちらと稼ぎ場を変えておるようじゃな」

「なに、本所の研ぎ屋は偽だってのか」

その言葉に梅五郎が、

「留、てめえ、そいつを見たな」

「見たけど、仕事先の屋根の上から、だいぶ離れた豆腐屋の店先で仕事をしている酔いどれの旦那を見ただけだ。待てよ、よく見れば、人相というか、様子がだいぶ違うな。あっちのほうが刺々《とげとげ》しい感じかな」

「あったり前《めえ》だ。本物の赤目様は昼からずっとこちらで仕事をしているんだ。だれもが身は一つ、本所に飛んでいけるものか」

留が、がたりと道具箱を肩から下ろした。

「旦那、本所界隈には仕事に行かねえほうがいいぜ。そいつ、研ぎが終わった後、なにやかやと文句をつけてよ、高い研ぎ代をふっかけるらしいぜ」

「ほれ、みなせえ」

と梅五郎が叫び、

「赤目様、こいつはそんなにのんびりとした話じゃないよ。呑気にしているとおまえ様の名に傷がつくと言ったろうが」

とさらに喚《わめ》いた。

「驚いたな」

小籐次は呻《うめ》いた。

「留どの、本所と申されたか」

「ああ、本所だよ」

「わしは深川界隈に得意先はあっても、未だ本所に手を広げておらぬ。その者がどのような仕事をなしたか、出来の悪い仕事なればただで研ぎ直しに参ろうか」

「そういう話かえ」

梅五郎が呆れ、留が、

「偽者の不都合を、本物の赤目小籐次様が研ぎ直して歩くなんて、盗人《ぬすっと》に追い銭みてえな話だぜ」

と感心した。

「まあ、そのような悪さをして稼ぎ仕事をしているようでは、早晩、お上《かみ》の手を煩わせることになろう」

「だからさ、赤目様も南町と知り合いでございましょ。届けは出しておいたほうがいいと思うがね」

「そうじゃな」

と小籐次は難波橋の秀次親分の手を煩わせるかと考えながら、

「今日はこれまでに致そうか」

と手早く後片付けを始めた。

「おれも気をつけてよ、偽者が現れたら備前屋の隠居に知らせるぜ」

と留が道具箱を肩に担ぎ直した。

「留どの、次の機会に道具を持ってこられよ。話の聞き代に研ぎをさせてもらおう」

「赤目様、留は叩き大工だよ。赤目様が手をかけるほどの職人じゃないよ」

「ひでえ言い方だぜ。もう備前屋の前は通らねえ」

留が梅五郎の言葉に冗談で怒ってみせて姿を消した。

「あれでまた朝になると、ご隠居、暇だね、なんて言いながら、うちの前を通るんだよ」

小籐次は最後に研ぎに使った水を備前屋の前に撒《ま》いた。すると、日向くさい匂いが上がってきた。

「ようやく涼風が吹く刻限になったな。どうだ、うちで夕餉を食べていっちゃあ」

「昼餉ときて夕餉では居つくことになりそうだ。駿太郎を差配どのの家に預けてもある。本日はこれでお暇しよう」

「研ぎ代をおふさに用意させよう」

「この次で結構でござる。また近々参ろう」

と小籐次は砥石の類《たぐい》を桶に入れてひょいと肩に担いだ。

「夕餉までには間もある。大川端《ばた》まで送っていこう」

と梅五郎が駒形堂の船着場まで送ってきた。

「はて」

「どうしなさった」

「小舟がない」

「そんな馬鹿な。舫った場所が違うんじゃねえんですかえ」

「いや、わしは決まった場所にしか舫わぬ癖がござってな」

「そういえば、いつも同じ杭《くい》に結ばれておったな。結びが甘くてさ、流されたってことはねえかね」

と言いながら、その辺で夕涼みしている男女に梅五郎が尋ねて回った。すると、

釣り糸を垂れていた年寄りが、

「今から半刻も前かね、年寄りが舫い綱を外して大川口に向って漕ぎ出していったぜ、備前屋の隠居」

と答えた。梅五郎が小籐次に視線を戻して、

「舟盗人かね」

と呟き、

「間違いねえかね、仏壇屋の隠居」

「間違いないさ」

と答えた仏壇屋の隠居が小籐次を見て、

「おや、あんたが小舟に乗っていったんじゃないかね。破れ笠かぶってさ、風車が差し込んであったよ」

と訝しい顔で小籐次を見た。

小籐次の背に悪寒《おかん》が走った。

「野郎が本物にちょっかいを出してきやがったよ」

「梅五郎どの、その者、生計に困ってわしの研ぎ仕事を真似ておるだけではなさそうな」

「だから言ったろ、厄介事が起こるって」

と答えた梅五郎が、

「帰る足がないんじゃあ、道具をうちにおいて夕餉でもゆっくりと食べてさ、芝に帰るがいいや」

「いや、梅五郎どの、この足で戻ろう。嫌な感じがするでな、駿太郎になにかあってもいかぬ」

「ならば、道具をわっしに寄越しなせえ」

「これでも大事な稼ぎ道具。なあに大した重さではござらぬ。持ち帰ろう」

小籐次は梅五郎に辞去の挨拶をすると、桶を肩に浅草御蔵前通りを南に向って歩き出した。

夏の宵とはいえ六つ半（午後七時）の刻限。辺りは薄暗くなっていたが、御蔵前通りには人の往来があった。

その内、浅草駒形町の両側のお店がばたばたと表戸を下ろし始めて、店の中から零《こぼ》れていた灯りが消え、急に通りが暗くなった。

そんな中、小籐次はひたすら歩を進めた。

幕府御米蔵に差し掛かり、道の両側は札差が軒を連ねる一帯となったが、すでにどこも表戸を下ろしていた。

大川の右岸には、北から南へ、一番堀から八番堀の御米蔵が続いていた。諸国から江戸に運び込まれる年貢米、廻米を保管する御米蔵だ。

上之御門前を通り過ぎ、中之御門前に差し掛かった。

小籐次は不意に尖った視線を肌に感じた。だが、小籐次の歩みは変わらない。肩の上の桶の中でかたかたと砥石が鳴った。

下之御門前を抜けて入堀に架かる天王橋を渡った。

八番堀の御米蔵を過ぎて蔵前通りは再び町家、浅草瓦町になった。

前方に浅草御門の灯りが望めた。吉原に向う駕籠か、すっ飛んでいく。

小籐次は浅草御門を前に、茅町二丁目と一丁目の境で左に曲がった。第六天社と稲荷社の薄暗がりを抜け、浅草下平右衛門町に出た。

いずこからともなく小籐次を見張る尖った視線は小籐次の動きに従い、追ってきた。

（出るなら出よ）

と胸の中で言いかけた。

なにかが起ころうとしていた。それははっきりと分った。だが、だれがなんの目的で小籐次に狙いを定めたか、それが分らなかった。

下平右衛門町の通りをゆっくりと大川に向ったが、尖った視線の主が小籐次の前に姿を見せることはなかった。

大川の河岸にぶつかり、右手に曲がった。すると、柳橋の常夜灯の灯りが見えてきた。

柳橋から猪牙舟《ちょきぶね》で山谷堀の今戸橋に向うのが吉原遊びの常連の仕来りだ。ために柳橋界隈には船宿がたくさん軒を連ねていた。

小籐次は客待ちする猪牙舟の船頭に、

「相すまぬが、芝まで乗せてくれぬか」

と願った。すると、船頭たちが無言で小籐次を見て、

(野暮天の客だぜ)

という視線を送ってきた。だが、一人の船頭が小籐次を承知か、

「赤目様、わっしでよければお乗せしますぜ」

と願いに応えてくれた。

二

小籐次は難波橋際で猪牙舟を下りた。秀次親分の許を訪ねるためだ。戸を叩いて訪《おとな》いを告げると、直ぐに奥から声がして手先の銀太郎が玄関に下りた様子があって、

「だれだえ」

と尋ねた。

「赤目小籐次にござる」

「なんだ、酔いどれ様か」

奥に向って、親分、酔いどれの旦那のご入来だ、と叫ぶ声がして戸が引き開けられた。

「すまぬな、夜分」

「わっしらの仕事は夜昼なしだ。それに宵の口だ、気になさることはありませんぜ」

と銀太郎が応じるところに秀次が姿を見せた。

「先夜の礼もまだしてねえところに赤目様のご入来とは、なんぞまた出来しましたかえ」

「急ぐこともあるまいと思わぬではなかったが、まずは親分の判断をと思い、参った」

「お上がりになりませんかえ」

「駿太郎のことも気になるで玄関先で失礼致す」

ならば、と秀次が上がり框に円座を出して小籐次に勧め、自らも座った。すると、銀太郎が蚊遣りと煙草盆を持ってきた。

小籐次は肩に担いできた桶を土間に下ろし、円座の上にどっかと腰を下ろした。砥石の入った桶を担いできたので、さすがに足腰が張っていた。

「道具を担いで商いに出られましたか」

「それだ。駒形堂近くに繋《つな》いでいた小舟を盗まれてな」

と前置きして、小籐次は備前屋の店先での話と大川端で小舟を盗まれた一件を告げた。

「なんと、赤目小籐次様の偽者が出現して研ぎ仕事までやっておりますかえ」

「ただの偽小籐次とも思えぬでな。親分に届け出た」

「赤目様を見張る目といい、偽酔いどれ侍が小舟を盗んだ一件といい、いささか嫌な感じがしますな」

「それなのだ」

「赤目様はあれこれと関わってこられたゆえ、どの筋か、そいつを絞り込むことが肝心にございますな。差し当たって思い当たる節はないんですかえ」

と秀次が念を押した。

「ない」

と応じた小籐次は、

「例の大河童の騒ぎを、読売屋のほら蔵どのがいささか大仰に書き立てたで、それに刺激されてのことかと思うたが、どうやら偽者のそれがしはだいぶ前から本所浅草辺に出没しておるようでな。読売に書かれた大河童の一味とは違うようじゃ」

「あっちの一件はほぼ調べがつきました。諏訪《すわ》の越五郎一味は中山道《なかせんどう》を稼ぎ場に、盗みやら押し込みを繰り返してきましたが、大凧作りの名人の代之助《よのすけ》って野郎が一味に加わり、ひと稼ぎしようてんで花のお江戸に出てきやがった。それで桜田堀で大河童騒ぎを起こして、かれこれ三百両ばかり稼いでおりやした。あの夜、掛取り帰りの久慈屋の大番頭さんの大金を狙い、一旦、江戸を離れようと考えていたようです。大番頭さんと小僧さんの様子から、一味の駕籠かきが大金と目星をつけたようです。まあ、そこまでは上々吉でしたがね、観右衛門さんには赤目様が従っておられた」

「いかにもわしが同道しておった」

「まあ、そいつが、諏訪の越五郎一味の不運でございました。用心棒侍の佐宗田多聞は赤目様に成敗されて、駕籠かきに扮した一人を除いて頭分の越五郎以下の面々がとっ捕まった。たしかに駕籠かき一人はあの場から逃げ果《おお》せましたが、赤目様の偽者を演ずるほどの器とも思えねえ。こたびのことは別件ですぜ」

「わしもそう思う」

小籐次は上がり框から腰を上げた。駿太郎のことが気になったからだ。

「この一件、明朝一番で旦那の近藤精兵衛様に報告致します」

「願おう」

「赤目様はそんな配慮は無用と申されましょうが、南町奉行の岩瀬伊予守氏記《いよのかみうじのり》様が赤目様を褒賞したいと申しておられるそうで、その内、奉行所の使いが新兵衛長屋にいきますぜ」

「迷惑と言いたいが、こちらからもかように願うこともあるでな、無下《むげ》には断れぬか」

「まあ、悪い話じゃねえんだ。お付き合いなせえ」

と応じた秀次が、

「赤目様、夕餉はまだのようですね」

「それどころではなかったからな。桶を担いで御蔵前通りを歩き、思い付いて柳橋から猪牙で芝に帰りつくので精いっぱいであったわ。今宵は空腹を抱えて寝ることになりそうじゃ」

「残り飯だが、食べていかれませんかえ」

「気持ちだけ頂こう。長屋に預け放しの駿太郎が気になるで戻る」

「分りました」

秀次はあっさりと小籐次を送り出した。

難波橋から芝口橋へ向う御堀の右岸を、肩に担いだ桶の中の砥石がかたかたと鳴るのを聞きながら、ひたすら東に歩んだ。

町には未だ昼の暑さが漂い残っていた。

芝口橋の向こう岸に大店を構える久慈屋は、大戸をおろしてひっそりとしていた。そろそろ四つ（午後十時）に近い刻限だろう。

担ぎ難い桶を担いでの道中に、小籐次はくたくたに草臥れていた。

（明日にも、小舟が盗まれたことを久慈屋に報告せねばな）

小舟は久慈屋から貸与されたものだった。

「そうか、小舟がないとなると深川蛤町へ稼ぎにもいけぬということか」

小舟の盗難は小籐次の暮らしに大きな影響を与えることになると考えが及び、呟いた。

「なんとも憎っくき偽侍かな」

と声を出してみたが、空腹が応えるだけだった。

「うーむ」

小籐次の足が止まったのは、左手が蔵地、右手が芝口新町の表店が並ぶ一帯で、当然ながらどの店も眠りに就いていた。

小籐次は乾物屋の軒下に桶をそおっと下ろし、腕をくるくる回して強張《こわば》った筋肉を緩めようとした。

ふわっ

という感じで蔵の陰から三人が姿を見せた。常夜灯のかすかな灯りに人相が確かめられたが、どれも殺伐とした風貌の浪人者であった。

「なんぞ用か」

小籐次の誰何《すいか》に、

「赤目小籐次じゃな」

と中の一人の巨漢が念を押した。小籐次より一尺数寸は大きく、大顔を見上げねばならなかった。

「いかにも赤目じゃが」

小籐次の胸が騒いだ。駿太郎のことを気にしたからだ。

「今宵がこの世の見納めと思え」

「ほう、それがしが御鑓拝借の赤目と承知して、その仕事引き受けたか」

「江戸に久しぶりに戻ってみると、酔いどれ小籐次の噂ばかりを聞かされた。見れば爺ではないか。何事かあらん」

「爺のうえに小男と甘く見たか」

「剣術の腕前は力と度胸が八分。たかが年寄りなど叩っ斬るのに、われら三人が出向くこともなかったわ」

「聞いておこうか。いくらで赤目小籐次の命を取る約定《やくじょう》をなしたな」

「前金十五両、後金三十五両」

「残りの金子はこの世では使えぬと思え」

「大言を吐きおって」

巨漢が腰の豪剣を引き抜いた。刃渡り二尺八寸（約八十五センチ）はありそうな大業物《おおわざもの》だ。

仲間も無言で刀を抜き連れて、巨漢の後詰《ごづめ》に回った。いささかの遅滞もない攻撃の構えに、こやつらが過ごしてきた修羅場が窺えた。

小籐次も腰の次直二尺一寸三分を静かに鞘走らせた。

「名を聞いておこうか」

「無外《むがい》一流《いち》黒田剛太夫繁政」

「だれに頼まれたか、言い残してあの世にいかぬか」

「ぬかせ」

黒田が厚みのありそうな剣を右肩前に八双《はっそう》に立て、草履を地面に擦りつけて滑りを止めた。

小籐次は次直を脇構えに流した。

矮軀をさらに沈めた。

間合いは二間半。

黒田が一間まですするすると詰め寄り、八双の豪剣をさらに虚空へと突き上げた。

ふうっ
と黒田が息を吐き、止めた。

次の瞬間、黒田が踏み込んできて、小籐次の体へ伸《の》しかかるように八双の剣を振り下ろした。

小籐次はわずかに遅れて刃の下に身を滑らせていた。

一瞬振り下ろされる剣と脇構えから車輪に引き回される剣が死の領域へと急ぎ、競い合った。

小籐次は頭上に刃を感じながら、眼前に立ち塞《ふさ》がって飛び込んできた大きな胴を、迷いなく撫で斬っていた。

げえぇっ
驚きの絶叫を発すると、黒田剛太夫の巨体は横手に吹っ飛び、商家の軒下へ転がった。

ふわっ
と血の臭《にお》いが漂った。

小籐次は次直を仲間の二人に構え直した。

二人は黒田が一合《いちごう》も刃を交えることなく斬り倒された技に言葉を失い、体を竦ませていた。

「その様子では骸《むくろ》が二つ増えるだけ。仲間を抱えて引き上げるか。ならば命だけは許して遣わす」

小籐次はくたくたに疲れていることもあって言い放ち、するすると後退《あとじさ》りして二人の選択を待った。

二人は顔を見合わせ、頷き合うと刃を鞘に収めた。

「前金の十五両で弔いを致すのじゃな」

小籐次の言葉を聞き流した二人が黒田の両腕を取って引きずり、蔵地の闇に引っ込んだ。御堀に舟でも待たせていたのか。しばらくすると忙《せわ》しげな櫓の音がして、築地川の方角へと去っていった。

小籐次は血ぶりをした次直を鞘に戻し、軒下の木桶に歩み寄った。

「赤目様」

と不意に声がした。

振り向くと、風呂敷包みと貧乏徳利を提げた銀太郎が立っていた。

「おや、銀太郎さんか。最前別れたばかりじゃが、どうなされた」

「うちの姐《あね》さんから、赤目様が腹を減らして眠るんじゃ可哀《かわい》そうだってんで、重箱に菜と握り飯を詰めて、届けろって命じられたんだ。赤目様、なにがあったえ」

銀太郎が御用聞きの手先の勘で血の臭いを嗅ぎ分けたか、聞いた。

「三人の刺客に襲われたところだ。こちらが草臥れておるときに限って、あやつら出おるわ」

「なに、うちの帰りに襲われたってか」

銀太郎が慌てていて辺りを見回した。

「舟を待たせていたようで、わしが斃《たお》した一人を引き摺り、あの暗がりに姿を消した後、櫓の音がして築地川の方角へと逃げていきおったわ」

「最前、親分に話していかれた偽の赤目様ではございませんので」

「わしが斃した相手は六尺を優に超えた巨漢でな。仲間の二人も五尺六、七寸はあったぞ」

「となると別の連中か。赤目様も忙しいね」

「銀太郎さんや、三人は前金十五両後金三十五両を約束されて、わしの命を狙った刺客じゃよ。その背後に偽の赤目小籐次がおるやもしれぬ。さらにその偽者を操る者がいても不思議ではあるまい。ただし今のところ確証はないがな」

「三人組の身許《みもと》も知れないんでござんすね」

「いや、わしが斃した巨漢は、無外一流黒田剛太夫繁政と名乗った。他の二人は名乗らなんだ。親分に伝えてくれぬか」

「承知致しました」

と答えた銀太郎は、

「赤目様は大荷物だ。長屋まで送りますぜ」

と同道すると言った。

「夕餉に酒まで頂戴して相すまぬな」

小籐次は銀太郎とともに新兵衛長屋に戻ったが、駿太郎が世話になっているはずの新兵衛の家はすでに真っ暗で眠りに就いていた。なにか異変が起こったということはなさそうだ、と小籐次は判断した。そして、長屋への木戸を潜ろうとすると、小籐次の部屋から灯りが洩れていた。

「うーむ」

小籐次は足を速めてどぶ板を踏んで自分の部屋の前に立ち、まず肩に担いだ木桶をどぶ板に下ろすと、再び鯉口《こいぐち》を切った。その気配を察した銀太郎も、貧乏徳利と重箱が入った風呂敷包みを置いて身構えた。

そろり

と引戸を引き開けた。すると、馴染みの顔が二つ小籐次を迎えた。

「留守にお邪魔しております。久しくご挨拶にも伺いませず、欠礼お詫び申し上げます」

馬鹿丁寧な挨拶をなしたのは、赤穂《あこう》藩江戸屋敷家臣の古田寿三郎と肥前小城藩家中伊丹唐之丞《とうのじょう》だ。

小籐次は切った鯉口をぱちんと戻した。

「おぬしらが顔を見せると碌《ろく》なことがおこらぬ」

小籐次は憮然《ぶぜん》として吐き捨て、銀太郎を振り向くと、

「銀太郎さんや、ほれ、御鑓拝借以来の疫病神《やくびょうがみ》であったわ」

身構えていた銀太郎が緊張を解き、

「ならばようございました」

と貧乏徳利と風呂敷包みをどぶ板から持ち上げた。小籐次も木桶を抱えて部屋の敷居を跨ぎ、上がり框に置くと、銀太郎が差し出す酒と食べ物を受け取った。

「造作をかけたな。明日にも礼に伺うと、親分とおかみさんに伝えてくれぬか」

「へえ」

と返事をした銀太郎が木戸口に歩み去った。

小籐次は秀次親分のおかみさんからの好意を木桶の傍らに置くと、

「いつから参っておる」

と聞いた。

「およそ一刻半（三時間）前からにございます」

小籐次は土間から狭い板の間に上がると、台所の棚に重ねられた湯呑茶碗二つに飯茶碗を持つと、古田寿三郎と伊丹唐之丞が座す四畳半に接した板の間に腰を下ろした。そして、貧乏徳利を引き寄せた。

この二人とは御鑓拝借の騒ぎの折、敵対もし、その後には互いの立場を尊重して御鑓拝借のきっかけになった旧主久留島通嘉と、丸亀藩京極高朗《たかあきら》、赤穂藩森忠敬《もりただよし》、臼杵《うすき》藩稲葉雍通《いなばてるみち》、小城藩鍋島直尧《なおたか》との対立を解消するために動いた間柄だった。

「かような刻限までお仕事にござるか」

じろり

と睨む小籐次を、古田寿三郎はにこにこと笑いで受け止めた。どうやら古田はこの数年のうちにふてぶてしさを身につけたようだ。

「裏長屋暮らしの貧乏人は、働かぬと三度の飯も満足に頂けぬでな」

「赤目様には子育てに病みつきとか。子ひとりを養育するには金もかかりましょう」

「要らざる心配を致すでない」

貧乏徳利を抱え上げた小籐次は口で栓を抜き、茶碗二つに酒を注いだ。そして、最後に飯茶碗になみなみと酒を入れた。

「本日は忌日であったが、最後の締めくくりが待っていようとはな」

小籐次は飯茶碗を片手で摑むと、一息に酒を飲み干した。

「よほど喉が渇いておられるようだ」

「そなたらも飲め」

「頂戴致す」

二人が茶碗を持ち上げて口を付ける間に、小籐次は風呂敷包みを解いた。

重箱の蓋を取ると、焼き物の鯖《さば》、野菜の煮しめ、握り飯がきれいに並べられたご馳走が目に映り、腹の虫が、

ぐうっ

と鳴った。すると、古田と伊丹の腹も鳴った。

三

蚊遣りの匂いが九尺二間の長屋に充満していた。隣の勝五郎かおきみが気を利かせた蚊遣りのようだった。

「二人が雁首《がんくび》を揃えたところを見ると、またぞろ、よからぬことを考える者が現れたか」

古田と伊丹が重箱のご馳走を見ながらちびちびと茶碗酒を飲むのを見て、小籐次が言った。

伊丹唐之丞が酒を飲む手を止めて、恨めしそうに小籐次を見た。

「伊丹どの、わしになんぞ言いたきことでもあるか」

小籐次はそう問いかけると、貧乏徳利の首を片手で摑み、飯茶碗に二杯目を注いだ。だが、伊丹は直ぐには返答しなかった。

「箸が出ておらぬか。三膳はないぞ」

独り言を呟いた小籐次は、台所の棚から縁の欠けた大小の皿を運んできて、座に置いた。さらに板の間の隅に立てかけてある竹片と小刀を持って座に戻ると、急拵えの竹箸を作った。

竹細工はお手のものの小籐次だ。二膳の箸を二人の前の皿に添えて置いた。

「腹を減らしておるようじゃな。難波橋の親分のおかみさんからの頂戴物だ、遠慮のう食え」

古田も伊丹も頷いたが、黙したままだ。

「黙っておっては、なにをしに参ったか分らぬではないか」

伊丹が懐から紙片を出すと、小籐次の前に広げた。それはどうやら読売屋の空蔵が腕を振るい、勝五郎が版木を彫った例の大河童の一件を告げる読売のようだった。

「大河童の一味は南町奉行所に繋がれておるぞ」

「そうではございません」

と伊丹唐之丞が初めて口を開いた。

「赤目様、この読売を読まれましたか」

「いや、読んではおらぬ。隣の勝五郎どのが彫った読売じゃが、あることないこと大仰に書くのが読売の常。読みたくはないで触ってもおらぬ。それがどうかしたか」

古田と伊丹が顔を見合わせ、やはりという表情で頷き合うと、伊丹がため息を吐き、読売を取り上げた。

「江都に名高き酔いどれ小籐次こと赤目小籐次様の勲、今更語るまでもないが、念の為に申し上げておきます。赤目様が武名を高めたのは、旧主の恥辱を雪がんと大名四家を向こうに回して独り敢然と参勤道中を襲い、大名諸家の旗印ともいえる御鑓のけら首を切り落として奪い去った事件からにございます。

またこの御鑓拝借にからみ、肥前のさる藩を離脱した能見赤麻呂様方十三人の刺客を、武蔵野《むさしの》玉川上水に架かる小金井橋での死闘にて制したことで一段とその名が高まったのも周知の事実なり。

この折、能見様らは『われら武門の意地を貫かんと戦う者也、元肥前の住人能見赤麻呂、能見十左衛門他十一人』の幟《のぼり》を立てての死戦が繰り広げられ、赤目小籐次様は無数の手傷を負いつつも勝ちを収め候……」

途中から読売を読み上げた伊丹唐之丞が顔を上げて小籐次を見ると、

「肥前小城藩鍋島家とすぐに分る書き方にございます」

と文句を付けた。

「なに、そのようなことまで大河童の一件に書かれておるのか」

「赤目様、それがし、江戸藩邸重臣方に呼ばれて、この読売を見せられ、すでに済んだ一件を蒸し返すが如き読売、赤目小籐次に、いえ、重臣が呼び捨てにしたのでありそれがしではございませぬ……ともかく、なんとかせよ、と厳命されてかくも参上した次第にございます」

「まあ待て、伊丹どの」

と小籐次は手で制すると、

「わしは大河童の一件を勝五郎どのに話して読売に載せてもよいと許しは与えたが、かような筆の滑りがあろうとは全く与り知らぬことである。それを談じ込まれても迷惑じゃ。文句なれば読売屋につけよ」

「赤目様がご存じないのでは、こちらに来るのではなかった」

伊丹が肩を落として読売を懐に突っ込んだ。

「それにしてもその読売、普段の五倍も売れたと聞いたぞ。すでに江戸じゅうに知れ渡ったこと、読売屋にどうしろと申すのだ」

「それを相談に参ったのです」

古田寿三郎が伊丹の言葉を補足した。

「赤穂藩にはこたびの一件関わりがないのう」

「たしかにこたびの読売には一見、わが藩を想起させる記述はございませぬ。じゃが、御鎧拝借の四文字が報じられる度に家臣一同びくりとして、顔を伏せたくなるのも事実にございます」

「古田どの、一旦満天下に知れ渡った騒ぎじゃぞ。今更どうしろというのだ」

「御鎧拝借がかくの如く書き立てられるたびに赤目様の武名だけが高まり、われら四家の家臣は胸を張って往来を歩けませぬ」

「待て」

と古田の言葉を制した小籐次は飯茶碗に残った酒を飲み干した。

「ご両者にちと質したい一事がござる」

「なんでございますな」

古田寿三郎が小籐次を恐る恐るという表情で見た。

「わしはちと用があって難波橋のご用聞き、秀次親分の家に立ち寄り、長屋に戻って参った。その途次、そこの蔵地で三人の浪人者に襲われ申した」

えっ、という驚きの声を古田が上げた。

「われらが放った刺客と申されるので。それは大いなる勘違いにございますぞ」

「なにもそなたらが差し向けた刺客とは断じておらぬ」

古田と伊丹が顔を見合わせ、首肯《しゅこう》し合うと、

「赤目様にはそれほど敵が多いのでございますか」

「そなたらの到来といい、ちと異なことと考えておるところよ」

「ですから、われら刺客など放っておりません」

古田寿三郎が言い切った。

小籐次の視線が伊丹唐之丞に向けられた。

「それがしも」

「思い当たらぬか」

と答えた小籐次は、二人に偽赤目小籐次が出没していること、その者に小舟を盗まれたことなどを告げた。

古田と伊丹は呆然として小籐次の話を聞いていたが、

「赤目様、われらが偽の赤目様を仕立てたと申されますか」

「未だそやつの真意が分らぬ。じゃが、いつからとはしかと知れぬが研ぎ仕事を真似て、わしが取る研ぎ料の二倍三倍を客に請求し、客に難癖をつけて騒ぎを繰

り返しておるとか。わしはその一件があったで、難波橋の親分のところに立ち寄り、届けをなしたところであった」

「その帰りに刺客に襲われたわけですね」

と伊丹が問い返す。

「いかにもさよう。まあ、研ぎ屋に化けるくらいはよいが、こやつがなにを企んでのことか未だ察しがつかぬ。そこへ刺客が襲いきて、そなたらが長屋に姿を見せた」

二人が顔の前で大きく手を横に振った。

「そのような種々《くさぐさ》を結び付けないで頂きたい」

「古田寿三郎どの、そう言い切れるか」

古田が返事に窮して黙り込んだ。

「最前の刺客をそなたらが連れてきたとは思わぬか」

「われら、刺客など伴ってこちらに参りませぬ」

と伊丹が真っ赤な顔で叫んだ。

「だれが連れて参ったといった。そなたらの行動を監視するものがいて、そなたらの行き先を尾行すれば、わしの住まいなど簡単に知れる。とは申せ、四家の方々なれば、わしが久慈屋の家作に世話になっておることは承知のことだ。解《げ》せぬ」

でございましょう、と古田が応じ、

「それにしても偽の赤目様の一件、たしかに気になります。もし、そやつが赤目様に扮して人殺しでも致さば、本物の赤目様の評判はがた落ちです。それどころかお上から追及を受ける身に落ち申す」

小籐次の視線が伊丹にいった。

「そなたを遣いに出したのは兄者《あにじゃ》の伊丹権六どのか」

権六は小城藩江戸留守居役を勤めていた。

「いかにも兄者からの命にございましたが、兄の口ぶりからして、国許《くにもと》からこたび江戸に出て参られた鍋島分家の鍋島直篤《なおあつ》様が、江戸はあまりにも放漫過ぎる、小城藩に関わる話、もそっと敏感に神経を欹《そばだ》て、注意せよ、と仰せられたことからそれがしに命が下ったのです」

「伊丹どの、鍋島直篤様はどのようなお方にございますな」

と古田寿三郎が伊丹を質した。

「われら、そのようなお方が分家筋におられたとは、これまで承知しておりませんでした。江戸では直亮様のご後見役に就かれるという噂が飛んでおります」

と、答えた伊丹が、

「当家の恥にござれば、この先はご内聞に願いたい」

と二人に改めて念を押した。

小籐次と古田が訝しい表情で頷いた。

「当家、いささか藩財政が困窮致しておりましてな、長年その打開策を議論して参りました」

「うちなど鍋島様の困窮の比ではございませぬ。金蔵に余裕の金子があった例《ためし》がございませぬ」

と古田が言い出し、伊丹が苦い顔で応じた。

「大名三百諸侯がどこも大なり小なり、財政に苦労しておることはいずれも同じにございましょう。当家では窮状を抜け出すために、江戸藩邸の勘定方の知恵者が金蔵にあった金子を掻き集めて、米相場に手を出しましてございます」

「なに、伊勢町の米会所の杉本茂十郎の許へ金子を預けられたか」

「はい」

と伊丹の顔が一段と暗くなった。

「鍋島直篤様は三橋会所廃止の一件に絡んで、急ぎ江戸に出てこられたとも噂されておりましてな。家中ではどう扱ってよいか皆が手を拱《こまね》いて様子を見ているところです」

「大身旗本や大名家が米会所に貸付をしていると話には聞いておりましたが、鍋島様では火傷を負われましたか」

「古田様、それも尋常ではないようで、手酷《てひど》い火傷と兄より聞いております」

「ふーむ」

と腕組みした古田寿三郎が長いこと沈思した。そして、最後に膝の前に置いた茶碗を取り上げ、喉の渇きを潤した。

「鍋島様にはあれこれと大変のようですな」

「赤穂藩森家ではそのようなことはないか」

と小籐次が古田に聞いた。

「うちは米会所に貸付しようにも、そもそも元手がございません」

「それは重畳《ちようじよう》であったな」

「よかったことか悪かったことか。ともかく、まさかとは思いますが、これまでの経緯もございます。小城藩江戸藩邸に目配りして、あらゆる見地から詳しくお調べになったほうがよろしかろうと存じます。これ以上、赤目様に暴れられても赤穂藩は迷惑するだけ、敵いませぬでな」

古田寿三郎が慎重に言った。

御鑓拝借騒ぎの後、四家の先頭に立って小籐次との戦いを推し進めてきたのは小城藩鍋島家家臣団が多かった。

「古田どの、わしは降りかかる火の粉《こ》を払ったまで、無闇に暴れ回ったことなどござらぬ。考え違いなきようにな」

「それは承知しております」

と答えた古田は小首を傾げ、

「この長屋に参るまでは、大河童騒ぎのとばっちりを小城藩や当家が受けることになったと単純に考えておったが、赤目様と伊丹どのの話を聞けば聞くほど、偽赤目小籐次の意図と背景が気になり始めてござる」

「古田様は小城藩がからんでいると申されるので」

「いるいないをはっきりさせたほうが、この際よろしいと申し上げているだけです」

年上の古田寿三郎の言葉に伊丹唐之丞がしばし沈思した後、頷いた。

「赤目様、古田様、藩邸内の動きを虚心に検《あらた》めてみます」

伊丹の言葉に小籐次は黙って頷き、訪問者の茶碗に酒を注ぎ足し、

「腹も減っていよう。分け合って食そうか」

と皿に焼き鯖、煮しめや握り飯を取り分けた。

「なんだか馳走になりにきたようだ」

「古田様、頂戴したら早々にお暇致しましょうぞ」

気が焦るのか、伊丹が皿を持ち上げた。

「そなたら、泊まっていかぬか。この時節じゃ、寒くはなかろう」

二人が小籐次の言葉を訝しんだ。

「なんの確証があってのことではないわ。偽の赤目小籐次の動きが気になるでな。そなたら、若い身空で江戸市中に骸を曝《さら》したくはあるまい」

「われらが襲われると申されるので」

「わしの勘だ。ともあれこの際だ、用心に越したことはなかろう」

古田と伊丹は長いこと沈思していたが、同時に頷いた。

「高ぶった気持ちを鎮めるのは酒と食べ物よ。秀次親分のおかみさんに感謝をせねばなるまいて」

三人は黙々と飲み、食べて、畳の間でごろ寝をした。

翌朝、朝が白むのを待って、二人は新兵衛長屋から姿を消した。

小籐次が井戸端で竹楊枝を使っていると勝五郎が、

「なんだか、昨晩はえらく遅くまで話し込んでいたな。薄い壁一枚だぜ、耳障りで眠れやしねえや」

「ならば、話は聞かれたな」

「話たって、そんな聞き耳なんぞは立てねえよ」

「なぜあの者たちが長屋に参ったか、知らぬと申されるか」

「あたりまえだ。聞かないものは分らないよ」

小籐次は二人の訪問の理由を告げた。

「なんと、ほら蔵さんの筆の滑りを抗議に来たのかえ」

「野次馬が久慈屋や長屋に押し掛ける一件と申し、こたびの空蔵どのの筆は、読む者を無闇に煽《あお》り立てているようではないか」

「あの方々のお屋敷では、ほら蔵さんをとっちめるつもりか」

「いくらなんでもそのような馬鹿げたことを、公方様のお膝下では起こすまい。

じゃが、二人が参った理由、勝五郎どの、分ったな。大河童の一件に格別、御鑓拝借のことなど書かずともよかったのだ」

「おれもさ、彫っているときよ、こいつは不味《まず》くはねえかと案じたんだ。よし、これからほら蔵のとこへ駆け付けて、厳重に注意してくるぜ」

勝五郎が行ったところでなんの役に立つとも思えなかったが、空蔵の筆の走りを戒めるためと考え、小籐次は勝五郎の思うとおりにさせた。

小籐次は洗顔を済ますと、その足で新兵衛の家を訪ねた。

「幾晩も駿太郎を預けっぱなしで大変申し訳ない」

と詫びた。すると、駿太郎が奥から玄関先まで這い這いしてきて、

「じいじい」

と呼んだ。

お麻とお夕が駿太郎の後を追いかけてきて、

「赤目様、なんだか忙しそうですね。昨晩も長屋に待ち人がいたようだし」

とお麻が聞いた。

「不思議な世の中になったものよ。わしの偽者が現れ、研ぎ仕事は致すわ、わしの小舟は盗んでいくわ、大迷惑しておる」

と多忙の理由を述べた。

「赤目様の偽者ですかえ」

桂三郎まで心配そうな顔を覗かせた。

「相手がなにを考えておるか知らぬが、ともかく難波橋の親分には届けておいた。わしは駿太郎を引き取り、久慈屋に小舟を盗まれた一件、これから詫びに参る」

「舟もないのに駿太郎ちゃんを抱え、道具を持って歩いていくのは大変ですぜ。うちは構いませんや。駿太郎ちゃんを当分置いていきなせえ、なあ、お麻」

と桂三郎がお麻に言った。

「足がないんじゃ、駿太郎ちゃんを連れていくなんて無理ですよ。深川の得意先、どうなさるの」

「その思案がつかずにおる。お麻さん、駿太郎をもうしばらく預かってもらってよいか」

「よいよい、駿太郎を奥女中に預かりおかせておこうぞ」

新兵衛が渋団扇《しぶうちわ》をひらひらさせながら殿様然としてのたまった。

「宜しくお願い奉《たてまつ》る」

と小籐次が新兵衛に願って戸口を出ようとすると、駿太郎が、

「じいじい」

と呼ばわった。

四

「呆れましたな」

小籐次から偽小籐次の件を聞いた久慈屋の大番頭の観右衛門が絶句した。

「こちらからお借りしている小舟を盗まれ、真にもってお詫びのしようもござらぬ。しばらく時を貸して頂ければ、必ずや取り戻してみせ申す」

「赤目様が詫びられることではございませんよ。そやつ、赤目様が探し歩かなくとも必ずや姿を見せます」

「観右衛門どのもそう考えられるか」

「酔いどれ様の名を騙るただの研ぎ屋でもなければ、小舟盗人でもないことは確かです。なんぞ曰《いわ》くがございます。読売とは別です」

「小城藩らの逆《さか》ねじとは関わりないと申されるか」

「いえ、そこがなんとも微妙にございますな。まあ、御鑓拝借以来の繫がりがこうしてあるのです。昨夜、泊まっていかれた方々が、そちらからは探られましょう」

「いかにもさよう。伊丹唐之丞どのの返答を待つしかござらぬ」

と答えた小籐次は、

「昨日も、もくず蟹を見るために物見高い方々が来ましたかな」

と尋ねた。

「読売が売り出された当日ほどではございませんが、通りがかりの人で、こちらに高名な酔いどれ様の仕事場があると聞きましたが、その仕事場はどこですな、と尋ねられる方が四人や五人ではききませんでした」

「となると、本日も一人や二人飛び込んでくるやもしれぬな。店頭を騒がせてもいかぬ。どこぞに研ぎ場を鞍替え致そうか」

「そう申されますが、小舟がないでは大川渡りもできますまい。どうです、台所の片隅に研ぎ場を移すというのは」

「甘えてよいかのう」

「京屋喜平の菊蔵さんが何度も、赤目様はまだかとお見えでございましたよ」

「有難いことにござる。まずは道具を台所に置いて参る」

小籐次は店頭から三和土《たたき》廊下を通って台所にいき、朝餉の仕度をする女衆に、

「本日はこちらで仕事をさせてもらうことになった。店開きは朝餉が片付いたところで致したい」

と願うと、台所を仕切るおまつが、

「酔いどれ様の名が高まるにつれて厄介事があれこれと起こるな。朝餉はまだじゃろう。膳を一つ増やしておくよ」

「おまつさん、まずは難波橋の親分のところを訪ね、京屋喜平どの方へ向うで、そのような気遣いは要らぬ。お気持ちだけ頂戴しよう」

「遠慮することはないが、まあ好きにしなせえ」

おまつの言葉に送られて久慈屋の裏手から東側の路地に出た。

昨日からの暑さの名残が漂い残る路地から御堀端の河岸道に出ると、

「とうふぃ、豆腐。油あげにがんもどき」

と振り売りの豆腐屋が通り過ぎていった。初めてみかける顔だった。小籐次は久慈屋の表に出ると東海道を横切り、ひとつ西側に架かる難波橋へと向った。

小籐次の手には、空の貧乏徳利と重箱が風呂敷に包まれてぶら下げられていた。

三人の刺客のことも気になったが、なにより酒と食べ物のお礼を言いたくて秀

次親分の家を訪ねたのだ。

難波橋南詰の二葉町にある秀次親分の家は、格子戸がぴかぴかに磨きあげられて朝の光に輝いていた。

「おはようござる」

格子戸を開けて三和土に入ると、銀太郎ら手先が板の間の拭《ふ》き掃除をしていた。

「昨日の今日だ、早うございますな。なんぞあのお二人から新たな話がございましたかえ」

と銀太郎が掃除の手を休めて小籐次に言いかけた。

「まあ、それもないではない。じゃが、なにより昨夜頂戴した野菜の煮しめが美味じゃったゆえ、おかみさんに礼を申したくてな」

「ささっ、お上がり下せえ」

銀太郎に招じ上げられた小籐次は居間に入る前に台所に顔を出した。こちらでも朝餉の仕度の真っ最中だ。

「赤目様、おはようございます」

姉さんかぶりのおみねが小籐次を見ていった。

「おはようござる。昨夜は空きっ腹を抱えて眠ると覚悟致したが、ご好意でわしのみならず二人の客までがこちらの馳走の分け前に与り、わしは面目を施した。ありがとうござった」

「格別に作ったわけではなし、残り物をお重に詰めただけで、そんなに喜ばれるとは思いもしませんでしたよ」

「おかみさん、わしは帰り際に台所に立ち寄るで、こちらの刃物をお借り受け致したい。お礼と申してはなんだが、刃物を研ぎ申す」

「そんなお心遣いはいいんですよ、とお断りするところですが、一度でいいから評判の酔いどれ様が研ぎ上げた包丁を使ってみたいと前々から願っていたんですよ。ここんとこ、手先に研ぎを頼んでないものだから、出刃も菜切り包丁も切れが悪くてね」

「ならば、台所にある刃物の一切合切を預っていこう」

と言って、小籐次は秀次が鎮座する居間に向った。

「あんなこと気にするこっちゃありませんや。うっちゃっておきなせえ」

と笑った秀次が、

「なんと、うちの帰りに三人組に襲われなすったそうですね」

「もう直ぐそこが新兵衛長屋というところで姿を見せおった」

「なんぞ心当たりはございませんので」

「わしはご奉公を辞して以来、あちらこちらに敵を作ったのか、どれがどれと見当はつかぬでな、困っておる」

「御鑓拝借でご縁のお武家二人が、赤目様の帰りを待っておられたそうですね」

「赤穂藩の古田寿三郎どのに小城藩伊丹唐之丞どのと申してな。あの折、わしと四家の手打ちに尽力した武家で、信頼のおける者たちにござる」

「それにしてもこの平仄《ひょうそく》の合い方、いささか気になりますな」

「偽小籐次の出没を親分に報告した夜じゃからな」

「関わりがございましたか」

「それがなんとも申せぬ」

小籐次は二人の訪問の理由と、その後交わされた会話の一部始終を告げた。

瞑目《めいもく》して話に聞き入っていた秀次が、

「確たる証拠はございませんが、赤目小籐次様の偽者の暗躍は、小城藩のだれぞが糸を引いているように思えます。もっとも、御用聞きの勘でございまして八卦《はっけ》見《み》と一緒だ。あたるも八卦あたらぬも八卦と、当てにはなりませんがね」

と秀次が厳《いかめ》しい顔で言い切った。

「親分もそう思われるか」

「すべて符丁が合うておりますよ」

と頷いた秀次が、

「わっしらは今日から赤目様の偽者を追っかけます。しばらく時を貸して下さいまし」

と言うところに、

「お待ちどおさま」

とおみねと若い女中が朝餉の膳を運んできて、一つが小籐次の前に置かれた。

「なに、わしの膳にござるか」

「久慈屋さんほどの大所帯ではございませんが、一つふたつ膳が増えたって、なんてことはございませんや。まあ、御用聞きの家の朝餉を食っていくのも話の夕ネだ」

「昨夜もお重を頂戴し、今また朝餉を馳走になる。なんだか難波橋に居候しておるようだ」

「飯なんぞはどうでもいいが、晩朝と赤目様がお見えになること自体、奇妙なことが赤目様の周りに起こっている証だ。くれぐれも気を付けて下さいましよ」

という秀次に頷いたおみねが、

「おまえさん、赤目様が気を付けるより、そやつらが気を付けたほうがいいんじゃないのかい。無闇に殺し屋を送り込んできたって、結局、赤目様の刀の錆《さび》になるだけだよ」

と言い放った。


小籐次は古布に包んだ刃物を小脇に抱えて、難波橋から芝口橋へと戻った。すでに久慈屋も京屋喜平方も朝餉を終えて商いに取り掛かっていた。

小籐次は足袋《たび》問屋の店を訪ねて、

「番頭どの、おはようござる」

と挨拶した。

「酔いどれ様、ようやく参られましたな。またまた大河童を取り押さえて江都にその名を高からしめた。読売が売り出された日など、うちの前にも赤目様をひと目見ようてんで、大勢の野次馬が右往左往してましたよ」

と菊蔵が一気に捲《まく》し立てた。

「商いの邪魔を致して申し訳ない。本日はひっそりと久慈屋さんの台所を借り受けて仕事を致す。なんぞ御用はなかろうか」

「むろん研いで頂きたい刃物はいくらもございます」

と奥の作業場に菊蔵が声をかけた。そして、小籐次に、

「あっ、そうそう。大事なことを忘れておりましたよ。五代目から昨日も矢の催促にございましてな」

「五代目？」

「天下の千両役者をこれだ。いつぞやここで五代目の岩井半四郎様とお会いになりましたな」

「おおっ、思い出した。眼《め》千両と名高い女形役者であったな」

「はい、その岩井半四郎様が芝居小屋に赤目様を招きたいと、何度も使いを寄越されておられましてね」

「有難い話じゃが、わしの身辺、ちと立て込んでおってな」

「どこに千両役者の誘いを袖にする方がおられます」

「番頭さん」

奥の作業場から研ぎに出す刃物を木箱に入れて運んできた円太郎親方が、菊蔵を呼んだ。

「いくら番頭さんが必死になっても、赤目様には世間の通り相場など通用致しませんよ」

「名題《なだい》の岩井半四郎様のお誘いが通り相場と言われますか、親方」

「へえ、赤目様は女子供が騒ぐ芝居話やら役者衆の噂には、これっぱかりも関心がございませんよ」

円太郎は首を大きく振ってみせた。

「天下の五代目もこれではかたなしですね」

「諦めるしかございますまい」

と言って円太郎は困惑の体で立つ小籐次に木箱を差し出した。

「夕刻、職人にとりにいかせます」

「たしかにお預かり致した」

小籐次の言葉に頷いた円太郎が迷ったような表情の後、

「赤目様、一昨日のことだが、下谷広小路までちょいと用事で出向いたと思いなせえ。そしたら、なんと、軒下で研ぎ仕事をなす赤目小籐次様をお見かけ致しましたよ」

「親方、その者を間近で見たか」

「見ました」

「それはそれは」

二人の会話に菊蔵が割って入った。

「赤目様、下谷広小路にも得意先をお持ちでしたかね」

いや、と小籐次が首を横に振った。

「親方が見間違えたって話ですか」

「近頃、わしの偽者があちらこちらに出没しておるようでな」

小籐次は偽者についてあらましを語った。

「なんとまあ、驚き入った話です」

と応じた菊蔵が、

「親方、偽者に会ったら会ったで、そやつをひっ捕まえたんでしょうな」

と円太郎を見た。すると円太郎が、

「この話、ちょいと具合が悪いんでね。店に戻っても黙っていたんですよ」

「どういうことですね」

「下谷広小路の北大門町の裏路地の軒下で研ぎをする年寄りを見て、まあまあ、赤目様と同じような商売をなさるお人がいるものだと歩み寄りますとね、小料理屋の女将《おかみ》風の女が、赤目様、これもお願いね、と刺身包丁を研ぎに出すじゃありませんか。わっしは驚いて、女将さんに、この研ぎ屋さん、赤目様と申されるのでと尋ねたんですよ。そしたら、あら、おまえさんは、かの有名な酔いどれ小籐次様をご存じないのかえ、江戸っ子の恥だよ、と言われたんですよ」

菊蔵が驚愕の表情で小籐次を見た。

「そうなのだ。最前も申したが、近頃わしの偽者が仕事場を荒らしおってな、本家の立場が危うくなっておるのだ」

「そんな呑気なことを言っている場合ではありませんぞ。親方、偽赤目とは、どんな風采なんです」

「なりはたしかに小さく、大顔で髭面、年の頃は赤目様とほぼ同じでしょうな。わっしが女将さんと話しているとき、ぎらりと上目遣いに見上げた眼光の恐ろしかったことといったら、ありゃしません。本物の赤目様の目は柔和《にゅうわ》で優しゅうございますが、そやつのは尖っておりました。ですが、赤目様を知らない人間は、そう名乗られれば信用するでしょうな」

「親方、信用するでしょうな、ではございませんよ。なぜ、その場で、偽者め、わたしゃ、本家本元の赤目小籐次様とお付き合いがありますと談じ込まなかったんですか」

「そこです、番頭さん」

「そことはどこですね。話がまどろっこしいよ」

「わっしが一歩、身をその男の前に乗り出したと思いなせえ。そんとき、わっしの帯を後ろから摑んだ奴がいて、それがなんとも大力なんでございますよ。ぐいぐいと引っ張られて、わっしは下谷広小路の雑踏に連れていかれちまった。すると、不意に帯を摑む手が離れたかと思うと、男がわっしの前に立ち塞がったんです」

「偽者の仲間かのう」

「赤目様、おそらくはそうでございましょう。そやつも殺伐とした面付きの男でしてね。身の丈は優に六尺を超えておりまして、その割には瘦《や》せた男でした。血走った眼で睨むと、なにが言いたいか知らねえが、厄介事に口を挟むと、大川に屍《しかばね》を曝すことになるぜ、と脅したんですよ」

「親方、なにか言い返しなさったろうね」

「番頭さん、ああいうときはうまく口が回らないものだね。それでもわっしは、赤目小籐次様とお付き合いがある人間だとぼそぼそ答えたんですよ」

「そしたら、相手はどう言いなさった」

菊蔵が答えを急《せ》かした。

「これにはおめえが知らない隠された理由《わけ》があるんだよ。黙ってねえとほんとに死ぬことになるぜ、とぬかしやがったんだ」

「なんてことで」

と菊蔵が小籐次を見た。

「隠された理由があると言いおったか。おもしろいな」

「どこがおもしろいので」

「番頭さん、たしかになんぞ隠された話があるようだ。親方、嫌な思いをよう話して下されたた。これでなんとのう、おぼろに奴らの正体が掴めたような気が致す。

その大力の男の言葉は、大いに役に立つでな」

と小籐次は答えると、

「円太郎親方、しばらくの間、怪しげな場所を出歩くのは避けて下されよ」

と願った。

「赤目様、それほど危ない野郎たちですか」

菊蔵の問いに小籐次が頷くと、円太郎も一緒に首肯した。

その日、小籐次は久慈屋の台所の板の間の一角に古茣蓙《ござ》を敷いてもらい、そこを研ぎ場に、難波橋の秀次親分の家の包丁と京屋喜平の道具を研いで一日を過ごすことにした。すると昼前、観右衛門が顔を出して茶を喫しながら聞いた。

「隣の菊蔵さんから、なんぞ願われませんでしたかな」

「歌舞伎役者の一件ですか」

「それそれ、五代目岩井半四郎様が、赤目小籐次様を名指しで芝居小屋に招いておられるそうな。どう返答なされました」

「返答もなにも、身辺多忙ゆえ、ただ今のところその願いには応じられぬと申し上げておきました」

「呆れた」

観右衛門が菊蔵と同じ返答をして、

「猫に小判、酔いどれ様に眼千両。どうにもなりませせぬな」

と呟いたものだ。

第四章　辻斬り

一

　この日、小籐次が仕事を終えたのは七つ半（午後五時）前のことだった。

　観右衛門に挨拶した小籐次は、まず京屋喜平に研ぎ上がった道具を届け、さらに難波橋に回っておみねに包丁五本を届けた。すると、おみねが台所からわざわざ夏大根を玄関に持ってこさせて、首のところを切り、

「なんてこった。力も入れてないのに大根の首がすぱっと切れたよ」

　と感激の体で大根を切り刻み、

「赤目様の研ぎの凄《すご》さを遅まきながら目の当たりにしました。これは、台所の包丁を研ぐ腕ではございません。私ごときが使うのは勿体《もったい》のうございます」

と興奮した。

「先夜のお礼にござる。包丁が錆びたと手先衆を使いに出して頂けば、いつでも参上致すでな」

「お奉行様がご褒美を下されようという天下の赤目小籐次様に、そのようなことをさせていいものですかねえ」

と首を傾げたおみねが、

「ちょいとお待ち下さいな」

と小籐次に言い残して研ぎ上がった包丁を抱え、奥に姿を消した。

研ぎ代を用意するためだ。だが、おみねが玄関に戻ってみると小籐次の姿はなく、竹で作った風車が一つ、上がり框に置いてあった。

「赤目様ったら、これなんだから。うちの包丁なんぞを天下一の名人に研いで頂き、ただなんてあるものかね。どうしたものか、親分が戻ってきたら相談しなくちゃ」

と風車を取り上げた。すると、薄く削られた竹片の羽根がくるくると回った。

その頃、破れ笠を被った小籐次は、孫六兼元《まごろくかねもと》を腰にすたすたと東海道を日本橋へと向っていた。

懐には布に包んだ砥石が二つあった。

夕暮れを前に、夏の日差しは衰えをみせぬどころか、往来を行き交う人にまだ容赦なくひりひりと照り付けていた。

このところ雨も降っていないせいで、往来は乾き切っていた。

夕暮れに暑さが弱まることを期待して掛取りや届け物にきたお店の奉公人も、駕籠かきも馬方もみな、げんなりした表情で歩いていた。

それでも日本橋前の高札場《こうさつば》にはいつものように人だかりができていた。

日本橋を渡った小籐次は、室町の通りから十軒店本石町《じっけんだなほんごくちょう》に出て、入堀に架かる今川橋を渡り、元乗物町《もとのりものちょう》から町家を横目に見て神田川和泉橋に出た。

その刻限、ようやく陽が傾き、濃い影が長く尾を引いて、神田川から川風が吹き上げてきた。

小籐次は和泉橋の真ん中で立ち止まり、懐から手拭を出して顔の汗を拭った。

神田川を渡ると、武家地へと変わった。

石高の低い直参旗本や御家人の拝領屋敷が続く一帯では、門番の老爺が門前に打ち水をしてなんとか涼をとろうとしていた。そして、あちらこちらから蚊遣りの煙が漂い流れてきた。

小籐次は不忍池から流れ出す忍川に架かる一枚橋を左に折れ、細流沿いに三枚橋、代官橋と渡り、上野元黒門町に出た。

円太郎親方が偽小籐次を見かけたという北大門町はこの左手だ。

親方が、偽小籐次は下谷広小路から一本東に入った裏路地に行灯を掲げる小体の料理屋で研ぎ仕事をしていたと言ったことを頼りに、小籐次はそれらしき料理屋を探し回った。

四半刻もその界隈を行き来したか。

路地が交差する辻に格子戸の入口を構えた料理屋があって、盛り塩が薄暗がりに浮かんで見えた。

女将ふうの女が種火を手に姿を見せ、行灯看板に火を移し替えようとした。気配に気付いた女の視線が小籐次を見て、ぎくりとした。すると手の種火が揺れた。

「女将さん、ちと尋ねたいことがござる」

「おまえ様、なんだえ」

女将には身構える様子があった。

「わしは赤目小籐次と申す」

「なんだってまた赤目小籐次が姿を見せるんだい」

女将の返答は悲鳴に近かった。そして、体が竦んで明らかに怯《おび》えていた。

「女将さん、手にお持ちの種火で、わしの顔をよう見てくれぬか」

「なにをさせようというんだえ」

「そなたが承知の赤目小籐次なる人物とわしが同じかどうか、見比べてほしいのだ」

小籐次の穏やかな物言いに、女将が種火を突き出して小籐次の顔をしげしげと見て、

「おまえ様は赤目小籐次とは違うよ」

「女将さん、わしが正真正銘の赤目小籐次にござる」

「なに言ってんだい。うちはえらい迷惑をかけられたんだよ。あいつの面を忘れるものか」

「偽の赤目小籐次の横行に、わしも迷惑しておる」

「本当におまえ様が、本物の酔いどれ小籐次というのかえ」

「女将さん、わしの偽者が研いだ包丁を見せてくれぬか。わしが本物と証明してみせよう」

半信半疑の女将が興奮を鎮めて、さらに小籐次を種火で眺め、消えかけた種火を行灯看板の灯心に移した。

ぼおっ

とした灯りが点り、小籐次の全身を浮かび上がらせた。

「違うよ。おまえさんとこの前の赤目小籐次はさ」

「世の中に赤目小籐次が二人いて堪るものか」

女将が、中にお入りよ、と店に誘《いざな》った。

今、店開きしたばかりか、客はいなかった。縞の単衣《ひとえ》を粋《いき》に着こなした料理人が、桶を手に二人を見た。

「板さん、こちらが本物の赤目小籐次だというんだが、おまえさんどう思うね」

「お、女将さん、なんだって」

「過日、その者が研いだ包丁を見せて頂きたい。偽小籐次の腕前を見たいのだ」

「ひでえ研ぎでよ。それに包丁一本二朱だ一分だと研ぎ代をふっかけやがった。腕ずくの掛け合いにえらい目に遭っちまったよ。それを今更なんだえ、おれが本物の酔いどれ小籐次だと」

「わしも迷惑しておる」

小籐次は懐から布に包んだ砥石を出した。

「本気で研ぎ直すってかえ」

「わしがいくら赤目小籐次と申したところで、そなた方は信じまい。赤目小籐次は生計を研ぎ仕事で立てておることは知られた話。その研ぎの腕で証を立てたい」

小籐次の言葉に、板前が一本の柳刃包丁を持ってきた。

「拝見致す」

小籐次は砥石を卓の上に置いて行灯の灯りに刃を翳《かざ》した。

「ほう、これほどひどい研ぎを見たことはない」

独り言を呟いた小籐次は、

「桶に少々水をもらえぬか」

と願い、卓に置いた砥石を土間に置くと、板前が汲んできた桶の水に柳刃を浸けて、砥石の滑面《かつめん》も濡らした。そして、柳刃包丁を、
すいっ
と滑らせた。

その動作に板前が驚きの声を洩らした。

　だが、小籐次はもはや刃を砥石の上に滑らせることしか考えていなかった。無心な時がどれほど流れたか。柳刃を水で洗い、柄の水気を布できれいに拭き取ると、その柄を先にして、

「これを試してはくれぬか」

　と板前に差し出した。

　女将と顔を見合わせた板前が、下拵えの終わったばかりの、下り鰹《がつお》の半身と俎板《まないた》を持参してきて卓の上に置いた。

　板前が柳刃を構えて鰹に刃を入れると、すいっと刃が鰹を切り分けた。

「女将さん、違う、全然違うよ。この前の爺の研ぎとは雲泥の差だぜ」

　二人が小籐次を見ると、もくず蟹の顔ににっこりと笑みを浮かべて、

「ようやく分って頂けたか」

　と呟いたものだ。

「おまえ様が本物の赤目小籐次様とすると、あいつは一体全体、何者なんだえ」

「それが分らず困っておる」

「たしかにおまえ様とは違う爺侍ですよ。それに、あいつはなんだか薄ら寒い怖さを総身《そうみ》に漂わせていたよ」

女将の言葉に頷いた小籐次は、

「そやつが研いだお道具をすべて出してくれぬか。研ぎ直していこう」

「また研ぎ代を取られる話かえ」

「女将さん、偽とは申せ、赤目小籐次の名を信用して研ぎを願ったのであろう。それで高い研ぎ代を支払った。わしはそやつの研ぎを正すだけ、研ぎ代は要らぬ」

小籐次は邪魔にならぬところで仕事がしたいと願った。

「おまえ様が本物の酔いどれ小籐次様ならば、お店の真ん中で研いでおくれよ。騙された私が悪いんだが、客にあれこれと愚痴《ぐち》って赤目小籐次様の悪口をさんざん言ったからね。今日は罪滅ぼしに、このお方がほんとの酔いどれ小籐次様と宣伝に相努め、客にもおまえ様にも謝るよ」

と女将が小上がりに研ぎ場を設けてくれた。

「招き猫ならぬ招き小籐次となるかどうか」

小籐次は新たに設けられた研ぎ場に座すと、偽の小籐次が研いだという道具を次々に研ぎ直した。

その内に客が入ってくる様子があったが、小籐次は無心に砥石の上を滑らせる包丁の動きに神経を集中していた。

半刻が過ぎたか。

「よし」

と最後の出刃を研ぎ終えた小籐次が顔を上げると、大勢の客が小籐次を見つめていた。そのとき、小籐次はまだ破れ笠を被ったままの自分に気付き、

「これは失礼をば致した」

と紐を解き、笠を脱いだ。すると客の間から職人風の男が、

「女将、たしかにこのお方が本物の赤目小籐次様ですよ。おれは芝口橋の久慈屋の店先で仕事をしておられるのを何度も見かけたから、お顔を存じ上げているよ」

と叫んだ。

「赤目様、なんとも申し訳ございません」

と女将が腰を深々と折って詫びた。

「そなたが詫びることはない。悪いのは偽小籐次だ。わしもそなた方も、迷惑をかけられておることに違いはない。なんとも世知辛《せちがら》い世の中になったものよ」

と言いかけた小籐次は手早く研ぎ場を片付け、砥石を再び布に包んだ。すると

板前が台所から、

「赤目様、わっしの目が利かないばかりに、偽者を本物と見間違えたんだ。詫びの印に一献《いっこん》飲んでいってくんなせえ」

と角樽《つのだる》を運んでくると、一升枡《ます》を小籐次の目の前に差し出した。

「うーむ、酒の匂いを鼻先でさせられると堪らぬ。頂戴してよいのか」

「ぜひとも飲んで下さいまし。わっしからの詫び代だ」

「頂戴しよう」

持たされた一升枡になみなみと酒が注がれた。

小籐次はそれを片手に持つと、口のほうから枡の角を迎えにいった。

鼻腔に上酒の香りが漂い、なんとも芳しい。

小籐次の喉がごくりごくり鳴った。すると瞬く間に一升の酒が胃の腑に消えた。

「腹に染《し》みるわ」

「間違いない。このお方が正真正銘、御鑓拝借の赤目小籐次様ですよ」

と女将が叫び、

「板さん、私にも一杯、注がせておくれ」

と角樽を持ち上げた。

「女将、わしは馳走になりにきたのではない。一杯でおつもりにしたい」

「そんなこと言わないで下さいよ。客の前でさんざんおまえ様をこき下ろした詫びをさせておくれな」

と女将が迫り、客たちが、

「赤目小籐次様をあれほど罵倒《ばとう》した女はいないものな。この次会ったら塩を撒くだの、生かしちゃ帰さないだのと、好き放題のたまったものな」

「角樽の一つや二つじゃ誤魔化しはきくまいぜ」

と言い合い、小籐次は二杯目を女将から受けた。

小籐次はほろ酔い気分で下谷広小路の北大門町から武家地を抜け、神田川の和泉橋を渡ろうとしていた。涼を求める大勢の人々が神田川の土手にいて、へぼ将棋を指したり、談笑したりしていた。

そのときだ。地面を巻いて悪寒を感じさせるような風が吹き荒れたかと思うと、娘らの浴衣の裾を巻き上げて、悲鳴を上げさせた。

次の瞬間、夜空から大粒の雨が、
ざあっ

と音を立てて降ってきた。

「なんだえ、さっきまで茹《う》だるような暑さが残っていたかと思うと、今度はざんざん降りの雨かえ」

と和泉橋の両岸で涼んでいた人々が蜘蛛《くも》の子を散らすように長屋や店に逃げ帰って、往来から人の姿が消えた。

小籐次も河岸通り佐久間町の角に店を構える藪蕎麦《やぶそば》、増田屋の軒下に逃げ込んだ。

乾いた地面に大粒の雨が跳ねるほどの激しい降りだ。そうは続くまいという心積もりの雨宿りだ。

四半刻ほど降り続いた豪雨は、唐突にやんだ。

刻限はすでに五つ（午後八時）を大きく過ぎていた。

小籐次はすきっ腹を抱えて軒下を出た。もはや和泉橋界隈には人っ子一人いなかった。雨にずぶ濡れになった野良犬が餌《えさ》を求めて橋の向こうに姿を見せた。そして和泉橋を渡ろうとして不意に体を硬直させて竦んだ。

小籐次の姿に驚いたわけではない。

野良犬の背後から姿を見せた五人の侍に危険を感じて身を竦ませたのだ。

大名家の奉公者か浪人者か見分けがつかぬなりをしていた。ただ殺気は尋常ではなく、それが江戸勤番者でないことを示していた。

野良犬は和泉橋の真ん中で、背後に不逞の侍、前に独り佇む小籐次に挟まれて身動きがつかなくなった。

野良犬から低い威嚇《いかく》の唸り声が洩れた。

「こちらに参れ。なにも悪さはせぬ」

小籐次の声を聞く余裕は野良犬にはなかった。

「そなたら、逃げ道をあけてやれ」

小籐次の声に五人組がさらに間合いを詰めてきた。そのせいで野良犬が怯えたか、攻撃の構えを背後の敵にとった。

すすっ

と五人の一人が橋の真ん中に進んだ。

野良犬はさらに身を竦ませ、小籐次が制する暇もなく、次の瞬間、飛んだ。

夏小袖に袴を穿いた侍に向ってだ。

橋の上に進み出た侍の刀が一閃《いっせん》し、虚空から飛びかかる犬の首下を鋭く撫で斬って神田川に飛ばした。

野良犬は叫ぶ間もなく増水した流れに転落していった。

刀を抜いた侍の狙いは小籐次か、一気に間合いを詰めてきた。

「許せぬ」

小籐次は、野良犬を斬殺《ざんさつ》した先頭の侍に四人の仲間が従い、剣を抜き連れたのを確かめながら、自らも踏み込んだ。

野良犬を斬った剣が、小柄な小籐次を押し潰すように頭上から雪崩《なだ》れ落ちてきた。

その直前、小籐次の矮軀は相手の内懐に入り込み、孫六兼元が鞘走り、突進してきた侍の胴を撫で斬っていた。

「来島水軍流流れ胴斬り」

と宣する暇もなかった。

小籐次目掛けて突進してきた侍の体が縒《よ》れて、欄干に叩き付けられ、さらにもんどりうって神田川の流れに、
ざんぶ
と落下していった。

小籐次はその瞬間、四人のただ中にあって兼元を右に左に振るいつつ、和泉橋

を柳原土手《やなぎわら》へと渡り終えていた。
小籐次の背後で呻き声が起こった。
振り向いた小籐次の目に、ばたばたと斃《たお》れ伏す四人が見えた。
「雉《きじ》も鳴かずば撃たれまいに」
と小籐次が兼元を血ぶりした。
その視界に灯りが映じた。
神田川の流れの上流から一艘の小舟が滑るように和泉橋に接近していた。
小籐次は橋の欄干に走り寄った。
竿を操るのは赤目小籐次と似た矮軀の老人で、塗り笠の下の顔が橋上の小籐次を見た。
駒形堂の船着場で盗まれた小舟を操るのは偽赤目小籐次だった。
小舟が矢のように和泉橋に近付き、橋の下へ姿を消した。
小籐次はゆっくりと、血の臭いが漂う和泉橋から橋下へと移動した。
すると、小舟はすでに新シ橋へと突き進んで小さくなり闇に消えた。

二

駿太郎をお麻の家に預け放しにしていることは気にかかったが、新兵衛長屋の井戸端で手足を洗い、肌脱ぎになって首筋から肩、胸を固く絞った手拭で拭い清めた。

最前の激しい雨のせいで芝口新町界隈にも涼気が漂い、眠り易そうな晩だった。

厠に行き、小便をして井戸端に戻ると勝五郎が立っていた。

「起こしたか」

「長いこと読売屋のほら蔵が待っていたぜ。明日、またくるってさ」

「気にしているのか。それとも新たな読売のネタをわしから得ようとしてのことか」

「むろん酔いどれ様に詫びにきたのよ」

「今更詫びにこられてもどうにもなるまい」

「偽の酔いどれ野郎があちらこちらで姿を見せておるそうな。そいつ、読売に書かれる以前から姿を見せているというじゃねえか。ほら蔵もその辺のところ、首を傾げていたぜ」

「正直申して、読売に書かれたために迷惑が降りかかってきたとは言い切れなくなった。ただし、読売で煽り立てられた感は否めぬがな」

「ともかくさ、酔いどれの旦那を助けることはねえかと、今度ばかりはほら蔵も必死だぜ」

「気持ちだけは受け止めたと伝えてくれぬか」

頷いた勝五郎が、

「夕餉は食ったのか」

「辻に立つ二八蕎麦で済ませた」

勝五郎がため息を吐いた。

「おめえ様も心《しん》から苦労を背負《しょ》って生まれてきたとみえるな」

「駿太郎は変わりなかろうな」

「お夕ちゃんが弟のように可愛がっているから、案じることはねえ。だが、ほんとに新兵衛さんの家族になりかねねえぜ」

「そいつはいかぬ。駿太郎はわしの手で育てると、亡き須藤平八郎どのに約定したのだからな」

「まあ、そんなことは考えちゃいめえが、じいじいの面を忘れられるくらいのことは考えていたほうがよかろうぜ」

急に元気を失った小籐次は、肩を落として部屋の戸を開いた。湿った臭いが漂う暗がりに蚊がぶーんと飛んでいた。

「火を分けようか」

「願おう」

戸口に立つ勝五郎に背を向けたまま、言った。勝五郎が隣に戻り、有明行灯の灯りを紙縒りに移して持ってきた。

その間に小籐次は、板の間の隅に置かれてあった行灯を引き寄せ、勝五郎の紙縒りをもらうと火を移した。

ぼおっ
と部屋が浮かび上がった。

最初に小籐次の目に留まったのは、隠し戸棚の扉が開かれていることだった。長屋の腰壁を工夫して刀入れを設けていた。初めての人間はまず気付くものではない。それがわずかに開いていた。

「どうかしたかえ」

「だれぞが部屋に押し入った」

「だから、ほら蔵が長いこと待ってたんだよ」

「空蔵どのはわしの刀には関心があるまい」

勝五郎が狭い土間に立つ小籐次の傍らから顔を覗かせ、開かれた隠し戸棚を見て、ごくりと唾を呑んだ。

腰から孫六兼元を抜いた小籐次が板の間に上がり、扉を大きく開いた。

次直一振りと稼ぎ貯めた七両二分余りが消えていた。

「盗人が入ったか」

勝五郎もごそごそと這い上がってきて、隠し戸棚を覗き込んだ。

刀入れがその用途だ、奥行きは二寸とない。がらんとしてなにもないことは直ぐに知れる。

「盗まれたのは刀だけか」

「駿太郎の養育のための七両二分が消えておる」

「七両二分、大金だぜ。許せるこっちゃねえ」

と嘆息した勝五郎が慌てて顔前で手を激しく振り、

「まかり間違っても長屋の人間が盗んだなんて考えちゃいけねえぜ」

と小籐次の顔を睨んだ。

「だれがそのようなことを考える。盗んだ者は知れておるわ」

「なに、盗人を承知てか」

「先祖伝来の次直に執着を持つ者がいるとしたら、偽のわししかおるまい」

「盗人もあいつの仕業か」

「当人でなくとも仲間にやらせたのであろう」

と答えた小籐次は、

「あやつの仕業となれば、取り返す手立てもないことはない。勝五郎どの、これ以上の思案は無駄じゃ、寝ようか」

「七両二分か。この長屋にそんな大金があったなんて」

ぼそぼそと呟きながら膝で後退りして、隣に戻っていこうとした勝五郎が、

「あっ、そうだ。肝心なことを忘れていた。難波橋の親分のところに明日にも顔を出してくれと、手先が夕方そう言い残していったぜ」

「相分った」

小籐次は隠し戸棚の扉を閉じると甕《かめ》に柄杓《ひしゃく》を突っ込み、温くなった水を飲むと、部屋の隅に丸めた夜具を敷いてごろりと転がった。

翌朝、新兵衛の家に顔出しした小籐次は、すっかりお麻とお夕に馴染んだ駿太郎を見て、いささか不安になった。小籐次が呼びかけても見向きもしないで、

「まんままんま」

とお麻に強請《ねだ》っていた。

「駿太郎、じいじいを忘れたか」

玄関先で愕然《がくぜん》とする小籐次は桂三郎に、

「赤ん坊なんて一日二日、接しねえとこんな具合ですよ。赤目様はただ今身辺多忙なんでございましょう。駿太郎ちゃんのことは気にせず、そちらに専念して下さいな」

と慰められて、新兵衛の家を後にした。

昨日に続いて難波橋の秀次親分の家を朝一番に訪ねた。すると、銀太郎がにこにこと笑いながら、

「おかみさんがご機嫌ですぜ」

と箒を持つ手を休めて言った。

「なんぞよいことでもあったか」

「女なんて他愛《たわい》のないものですね。赤目様が研いだ包丁がよく切れるてんで、朝から味噌汁の具の千六本をたくさん作ってましたぜ。今朝は、大根ばかりの味噌汁だ」

と笑った。すると、玄関からおみねが顔を突き出し、

「やい、銀太郎。女は他愛がないだと。品川女郎にひっかかって何か月も飯が喉を通らなかった話を、赤目様に聞いてもらおうか」

「ま、待った、おかみさん。あの話はようやく忘れたとこだ。蒸し返さないでおくんなせえよ」

と銀太郎が慌てた。

「ほう、銀太郎さんにもそんな可愛げのある時代があったか」

「やめてくんな、酔いどれ様までよ」

「赤目様、銀太郎のことなんぞうっちゃって上がって下さいな。うちのが、そろそろお見えになる時分だと待ってますよ」

おみねに言われて小籐次は難波橋の親分の居間に通った。すると、縁側で秀次が朝顔の鉢に小さな如雨露《じょうろ》で水をやっていた。

「お使いを頂戴したが、留守を致し、相すまぬことでした」

「まあ、一刻を急ぐ話ではございませんよ」

「なんぞ調べがつきましたか」

「偽赤目小籐次の一件ですがね、身許が分りました」

「さすがは親分だ。やることが素早い」

「と、褒められるほどのこともないドジな話でしてね。馬喰町《ばくろちよう》の外れにうらぶれた木賃宿《きちんやど》が数軒ございまして、江戸に紛れ込んだ懐の寂しい連中が一夜を過ごす宿ですよ。そんなところにはいろんな人間が入り込みますんで、その一軒の番頭とは常に連絡《つなぎ》を保ち、うちでも下っ引きが目を光らせているのでございますよ。別の木賃宿に、赤目小籐次様が泊まられているという噂が流れましてね、番頭がうちに使いをくれたんでございますよ。昨日の七つ(午後四時)時分のことで、わっしらが駆け付けますと、たしかに偽の赤目小籐次と思しき年寄り侍と仲間七、八人が、昨日の朝まではいたことが分りました」

ドジな話とは逃げられた後であったということか。

「親分が駆け付けたときには木賃宿を引き払っておったのだな」

「そういうわけなんで。それまで、朝になると偽の赤目小籐次は砥石なんぞを風呂敷に包んで、仕事に出かけたそうなんで。仲間たちの半数は宿でごろごろする者あり、半数は偽者に従う者ありと、ばらばらに動いていたそうでございますよ」

「身許が知れたと親分は申されたな」

「宿帳には雲州《うんしゅう》浪人八坂房五郎とございましたが、ひと月余りの滞在の間に二度ほど勤番侍が八坂房五郎を訪ねて、話し込んでいったことがございますそうな。木賃宿の番頭はどこぞの大名家の用人らしいと申しておりましたがな、その訪問者が八坂を、北堀五郎兵衛先生と呼んでいるのを耳に留めております」

「八坂房五郎とは北堀五郎兵衛が本名か」

「訝しいことに、用人の口の利きようは実に丁重で、北堀先生と敬うように呼んでおったようです」

「馬喰町の木賃宿を出たのはいつのことですな」

「一昨日、再び用人然とした武家が訪ねてきて、早々に立ち退《の》いたと申します」

「読売に書かれたせいかのう」

「まずはそんなところかと」

「移り住んだ塒《ねぐら》は分るまいな、親分」

「江戸を立ち去ったということはございますまい。二、三日時を貸してもらえませんか」

「その者、未だ江戸におるのは確か」

小籐次は前置きして、昨夕、下谷広小路北大門町の小料理屋を訪ねた話から和泉橋での一件、さらには新兵衛長屋に忍び込んで、次直一振りと七両二分を持ち去った者がいることを親分に話した。

「なんと、そのような動きがございましたので」

秀次が腕組みをして考え込んだ。

「北堀五郎兵衛が偽の赤目小籐次に扮しておることは間違いございますまい。この北堀、赤目様から小舟と次直を奪い、なにをしようというのか」

「親分、用人然とした武家の身許が知れると、この騒ぎの真相が知れるのじゃがな」

「やはり肥前小城藩の鍋島直篤様が黒幕、用人然とした武家は鍋島様の使いでしょうかな」

「北堀五郎兵衛らを江戸じゅう探し歩くより、そちらを突《つ》いたほうが手っとり早いかもしれぬ」

「赤目様の長屋に参られたお侍、伊丹唐之丞様に連絡をとってようございますか」

「北堀らが馬喰町から塒を変えたのは、この一連の騒ぎの終末が迫ったからだとは考えられぬか」

「赤目小籐次様の評判を地に落とすだけにしては、ちと大がかりの気も致します」

「肥前小城藩の体面を汚《けが》すような馬鹿げたことを考えておるとも思えぬがのう」

小籐次は、盗んだ小舟をわざわざ神田川に浮かべて小籐次にその姿を曝した偽赤目小籐次、北堀五郎兵衛の行動を考えて、嫌な予感に襲われていた。

朝餉を連日馳走になった小籐次は久慈屋に向い、いつもの研ぎ場に戻して久慈屋の道具の研ぎを始めた。

一刻半が過ぎた頃、芝口橋に陽炎《かげろう》が立った。

今日はこの夏一番の猛暑になりそうな気配がした。

小籐次の前に人影が立った。

「赤目様」

顔を上げるまでもなく、伊丹唐之丞の声だった。

砥石からゆっくり視線を上げると、たった一日で顔の様相が暗く変わった伊丹が立っていた。

「突然ですが、江戸屋敷のお役を解かれて国許に行くことになりました」

「そなた、江戸藩邸の生まれ育ちではなかったか」

「伊丹家の遠い縁者は国許におらぬわけではございませんが、何代も前から江戸藩邸の御用を仰せつかって参った家系にございます。今更、小城に参り、なにをせよと言われるのか」

「兄上の権六どのはどうなった」

それにございます、と伊丹が小籐次の研ぎ場の前に腰を屈めた。

「兄は江戸留守居役を解かれて下屋敷用人に左遷される噂が立っております。そればかりではございませぬ。江戸藩邸に粛清の嵐が本式に吹くのはこれからと流言が飛んでおります」

「米会所に貸付した一件が絡んでの粛清か」

「と噂されておりますが、兄やそれがしは米会所に貸付した話など爪の先ほども知らされておりませぬし、関知も致しておりませぬ」

「粛清の大鉈《おおなた》を振るっておられるのは鍋島直篤様ではないのか」

「いかにもさようです」

二人は黙したまま顔を見合わせた。

「赤目様、店先でお武家様二人が額を寄せて話し込まれては、だれぞに怪しまれぬとも限りませんぞ。奥座敷に移られませんか」

観右衛門の声が背でした。

「おお、これは商いの邪魔を致したか」

小籐次が振り向くと、観右衛門が立ち、

「いえ、怪しげなお侍がうちの前を行ったり来たりしております」

と囁《ささや》いた。

「そなた、屋敷から尾行を連れてきたか」

伊丹が目を見開いて驚きの表情を見せたが、それが段々と恐怖に変わっていった。

「気付きませんでした」

小籐次は観右衛門に台所をお借りしたいと願うと、伊丹唐之丞を久慈屋の台所に連れていった。

「伊丹唐之丞どの、国許にそなたを待ち受けておるものが想像つくか」

「兄とも話し合いました。兄は何《いず》れ刺客を差し向けられ、それがしは肥前への道中で命を絶たれるのではないかと、二人の判断が一致致しましてございます」

「つまりは、小城藩江戸屋敷が蒙った莫大な損害の責めを負わされて自裁したかたちをとらされるか」

はい、と暗い顔で伊丹唐之丞が頷いた。

「鍋島直篤様の専横を、なぜ江戸屋敷は許しておられる」

「江戸家老の水町蔵人様がこたびの米相場下落の責めを負わされて謹慎なさっておられることが、直篤様の独断専行を許す背景にございます。ただ今、江戸藩邸を二分する騒ぎなどもっての外の時期にございますのに」

小籐次はしばし沈思した。

「伊丹どの、小城藩の周辺に、八坂房五郎、北堀五郎兵衛なる者がおらぬか」

「江戸屋敷では、少なくともその名を聞いたことがございませぬ。何者ですか」

「わしに扮しておる者が馬喰町の木賃宿で使い、あるいは用人ふうの武家に呼ばれていた名だ」

「それがし、屋敷に立ち返り、即刻調べて参ります」

「伊丹どの、そなた、屋敷には戻らぬほうがよいな」

「どうしてでございますな」

「国許への道中を前に命を取られることも考えられる」

「それでは奉公が勤まりませぬ」

「死んではなにもないぞ。まあ、ここはわしの申すことを聞け」

小籐次は小僧の国三に願って難波橋の親分に連絡《つなぎ》をつけた。すると、直ぐに秀次親分が駆け付けてきた。

小籐次は再び伊丹の口から小城藩江戸屋敷で吹き荒れている粛清の嵐を語らせた。その話を聞いた秀次が、

「わっしも赤目様と同じ考えにございます。伊丹様が屋敷に戻られれば、いきなり関わりもない罪を負わされて腹を切らされるやも知れませんぜ。ここは数日、屋敷を離れていたほうが安全だ」

「それではなんの働きもできぬではないか」

「蛇《じゃ》の道は蛇《へび》だ、こいつはわっしらに任せて下さいまし。伊丹様、国許小城の事情に詳しい朋輩はおられませぬか。もしおられたら、わっしがその方にお会いして事情を探って参ります」

「親分、一人おる。徒目付《かちめつけ》篠田信夐《のぶはる》どのは一年半前に江戸勤番として上がってこられたお方、小城の事情に詳しいうえに、わしとは俳諧を通じて心を許し合った

友だ」

と答えた伊丹唐之丞は篠田に宛てて文を書くといった。

久慈屋の筆と硯《すずり》を借り受けて伊丹が篠田に文を記す傍らで、小籐次と秀次の相談は半刻以上も続いた。そして、その相談の末に読売屋の空蔵が久慈屋に呼ばれることになった。

三

この日の昼下がり、久慈屋から大荷物が運び出され、荷船に積み込まれた。船頭は喜多造で二人の助船頭が従い、ゆっくりと御堀を築地川へと下っていった。

その模様を久慈屋の大番頭の観右衛門が見送りながら、

（やはり、怪しげな武士が店の表も裏も見張っておりますよ）

と胸の中で呟いた。それは明らかに伊丹唐之丞が引き連れてきた尾行者だった。

（読売屋の空蔵さんが一世一代の読売で偽小籐次を引き出せるか、それとも真の赤目小籐次の武名が地に落ちるのが先か）

観右衛門はそんなことを考えながら店に戻った。

久慈屋の荷方の長《おさ》の喜多造自ら、半年に一度の大名家への紙納入に携わり、その夕刻前、空船で芝口橋の船着場に戻ってきた。

大番頭の観右衛門が迎えに出て、三人に、

「この暑さの中、ご苦労でした」

と労《ねぎら》った。

「浩介さん、品納めもこれからは難しくなりますでな。本日はよい経験にございましたでしょうな」

観右衛門が、久慈屋の独り娘のおやえと所帯を持ち、ゆくゆくは大所帯を継ぐことになる浩介に声をかけた。

「大番頭さん、いかにもさようです。お客様の声を直《じか》に聞くのは商いでは一番大切なことと存じます。私、差し支えなければ今後もできるだけお客様のところに伺い、商いの先頭に立ちとうございます」

「よう申された」

大番頭であり、当代の昌右衛門とは遠戚関係にある観右衛門は、浩介がおやえの亭主となれば、

「身内」

と呼ばれる間柄になる。

「大番頭さん、時には親方の櫓で紙納めもよいものですね、なにより川風が涼しいや」

小僧の国三が荷船の後片付けをしながら言った。

そんな様子を、黒羽織を着た菅笠《すげがさ》の武士が芝口橋から見下ろしていた。伊丹唐之丞が久慈屋から出てくるのを見張る一人だった。

かあっ、と照り付けていた夏の日がようやく御城の向こうに傾いた頃、芝口橋に一梃《ちょう》の乗物が止まり、黒羽織の武士が、

「ご用人、いささか訝しゅうござる」

と声をかけた。扉が少し引かれ、

「伊丹唐之丞と赤目小籐次は店の中に未だおるのか」

「表にも裏にも見張りを付けておりますが、出てきた気配はございません」

乗物の中の人物、肥前小城藩江戸屋敷後見鍋島直篤の用人東野《とうの》十左衛門《じゅうざえもん》は橋上に下りると、久慈屋の店頭を見た。

小城城下では見ることのできない大きな角店《かどみせ》だった。

軒下には将軍家を筆頭に御三家御用達の金看板がひっそりと、だが久慈屋の格

式を示して厳然と飾られてあった。

東野用人は主の鍋島直篤の江戸入りに従い、出府したばかりであった。江戸の繁華も雑踏も店の格式も初めて目にするものばかりであった。だが、そのような都の繁栄ぶりに負けてなるものかと、肩を張ってのしのしと久慈屋の敷居を跨ぎ、

「だれか」

と声をかけ、店を睨み回した。

大勢の奉公人が客と応対し、荷作りをして繁盛ぶりが窺えた。

東野の目が帳場格子の観右衛門と合った。

「ようこそいらっしゃいました」

「そのほう、久慈屋の番頭か」

「いかにも大番頭の観右衛門にございます。なんぞ紙の入用にございますか。うちは常陸《ひたち》の久慈川上流の西野内村の出ゆえ久慈屋と屋号は名乗っておりますが、紙なれば久慈紙に限らず諸国津々浦々の紙、すべて扱うておりますでな」

「だれが紙を購うと申した」

「紙の御用ではございませぬので」

観右衛門が大仰に目を剝いて客を見た。

「この店に小城藩家臣伊丹唐之丞が参っておるな」

「はて、伊丹様。うちには御城の納戸方、勘定方から御三家のご用人様など、お武家様は数多《あまた》参られます。されど小城藩とは取引がなかったように思いましたが。これだれか、小城藩の伊丹様の応対をなされましたかな」

と番頭らに尋ねてみせた。

「大番頭さん。伊丹様は、赤目様のお客様にございます」

「おお、昼前にお見えになった御仁でしたか」

とようやく得心した体の観右衛門が、

「失礼をば致しました。うちに出入りの研ぎ屋赤目様をお訪ねになった若いお武家様が伊丹様でございましたそうな。いえね、研ぎ屋と申しましてもただの研ぎ屋ではございませんぞ。江都にその名を知らぬ人はなし、御鑓拝借、小金井橋十三人斬りの猛者《もさ》にございましてな、巷では酔いどれ小籐次様と呼ばれるご浪人ですよ」

「黙れ！」

と東野が一喝した。

「あれ、なんぞ悪いことでも申し上げましたか」

店じゅうの者が二人の珍妙なやり取りを注視した。客の中には武家も混じっている。

「そのほう、それがしが小城藩江戸屋敷後見鍋島直篤様用人東野十左衛門と承知して、そのような言辞を弄するか」

「えっ、そなた様は小城藩に関わりのお方にございましたか。知らぬこととは申せ、失礼の段、お許し下さりませ」

観右衛門が平然とした顔で頭を下げた。

「伊丹はどこにおる」

顔を朱に染めかけた東野が聞いた。

「はて、伊丹様がどうなされたかまでは、うちでは存じかねます」

「赤目小籐次が奥に連れ込んだというではないか」

「おおっ、そうでした。赤目様とご一緒に台所に通られました。そういえば、あれ以来、お二人の姿を見かけておりませぬな」

観右衛門が小首を傾げてみせた。

「大番頭さん、お二人は御用ができたとかで、とっくに裏口から出ていかれましたよ」

と小僧の国三が土間から声をかけた。

「はて、挨拶もなしに珍しいことがあるものです。なんぞ急用が生じましたかな」

観右衛門が独り言を呟き、

「東野様、どうやら伊丹様は赤目様と店を辞されたようです」

「虚言を弄するでないぞ」

「おや、これはしたり。久慈屋の店を預かる観右衛門にございます、初めて会うたお客様から虚言を弄するでないなどと不穏なお言葉を頂戴するとは、努々《ゆめゆめ》考えもしませんでした。東野様、私めがなぜ虚言を弄さねばなりませんので」

「町人の分際で口答え致すか」

「江戸ではお武家様であれ、町人であれ、理不尽なことには口返答するのが習わしにございましてな。もし、私の言葉をお疑いなれば、店の奥をお調べになりますか」

観右衛門の反論に東野が店前に待つ黒羽織を見て、顎で招いた。

「番頭が家探《やさが》ししてよいと申しておる。そのほう、久慈屋の奥を調べて参れ」

はっ、と畏まった黒羽織が東野の命に従おうとした。

「ちょいとお待ち下さいまし。たしかに私は奥をお調べをと申しましたが、うちは御城の中奥、つまりは公方様お扱いの御紙を献上しておる御用達商人にございます。すでに辞去なされたという返答をお疑いのうえ、家探しされるとなれば、奥から内蔵までお調べにならなければ、伊丹様が未だおられるかどうか、分りますまい」

「望みなれば、天井から床下まで洗いざらい調べ上げる」

東野が黒羽織に、

「皆を呼べ」

と命じ、

「おもしろうございますな」

と観右衛門が即座に応じて黒羽織の足を止めさせた。

「公方様への献上紙が保管された内蔵までお調べになるとなれば、一言、御城の調度方やら紙奉行にお断り願わねばなりませぬ。御城に遣いを走らせますので、ちょいとお待ち下さいまし」

観右衛門の目が据わり、東野を睨んで、

「小城藩は、肥前佐賀藩のご分家にございましたな。ご本家とうちとは御取引がございます。御城に話が上がれば、ご本家にも御城から問い合わせが参りましょうな」

とさらに言い添えた。

「うーむ」

と東野十左衛門が唸った。

「そろそろ店仕舞いの刻限とも重なります。ご返答をお聞かせ下さいまし」

「おのれ、そのほうの面、決して忘れはせぬ」

と吐き捨てた東野が、黒羽織を従えて久慈屋の店を飛び出していった。

注視していた客の間から、観右衛門の腹の据わった応対を称賛する声が思わず洩れた。

それらに会釈を返した観右衛門を見ていた国三が、

「大番頭さんに体よくあしらわれて、あのお武家様、ぶるぶると体を震わせていましたよ」

と言い、

「小僧さん、そのようなことを口にするものではありませんよ。そんなことより店仕舞いの手順でも考えなされ」

と観右衛門は小僧の国三に注意を与えて貫禄を見せ付けた。

その夜、小籐次は新兵衛長屋には戻らず久慈屋にもその姿はなかった。

夜半過ぎ、一梃の乗物が目黒川に架かる中ノ橋に差し掛かろうとしていた。品川宿の料理茶屋で出入りの商人と面談し、予《かね》てより申し入れてあった金子融通をなんとか了解してもらった出羽新庄藩戸沢家江戸屋敷の留守居役と用人を兼職する相馬《そうま》英蔵《えいぞう》を乗せた乗物であった。

乗物を担ぐ陸尺《ろくしゃく》は二人、供の若侍は御家流と呼ばれる一刀流を師の寺内助次郎《てらうちすけじろう》から叩き込まれた井上新八《いのうえしんぱち》と、林崎《はやしざき》流の居合術をよくする平田修五郎《ひらたしゅうごろう》の二人であった。

(これでなんとか当面の費用《かかり》は間に合おう)

気遣い酒に酔った相馬は右手の指先で瞼《まぶた》を押さえて揉んだ。

そのとき、乗物が不意に止まった。

「何奴か」

井上の誰何する声が相馬の耳に届いた。

「何事か」

相馬は扉を自ら開いて顔を覗かせた。すると、破れ笠を被った小柄な影が橋の真ん中に立ち塞がっていた。衣服はよれよれで年寄りの浪人者に見えた。目黒川から潮の香の混じる川風が中ノ橋に吹き上げて、破れ笠に差し込まれた竹の風車がくるくると回った。

「酒のうえの酔狂か。おどきなされ」

と影の前に立ち塞がった井上がさらに言い募り、平田も井上を助けるようにその傍らに出て、油断なく身構えた。

「次直が夜泣きをしておる。命もらい受ける」

「戯《たわ》けたことを申すでない。年寄りゆえ、これまでの無礼許し遣わす。立ち去れ」

井上がさらに言った。

「年寄りじゃと。赤目小籐次、腕に年を取った覚えなし」

「なにっ、赤目小籐次様とな。御鑓拝借の赤目様か」

「いかにも」

赤目小籐次と名乗った年寄り侍が腰から次直を抜いた。

「狂われたか、赤目どの」

井上も刀の柄《つか》に手をかけ、鯉口を切った。だが、刀を抜くことを躊躇《ちゅうちょ》した。

(まさか、赤目小籐次がこのようなことをするわけがない)

と考え、

(これは夢まぼろし)

と思い込もうとした。

その間に赤目がするすると間合いを詰めて、その動きを見た井上が鞘走らせた。

だが、一瞬の迷いが井上に悲劇を招くことになった。

井上の刀が鞘を離れようとした瞬間、内懐に飛び込んだ赤目の次直が井上の胴を深々と撫で斬り、前のめりに体を崩れさせた。

「おのれ、赤目」

朋輩が斬られたことを見た平田修五郎は、井上を斬った後、その傍らを駆け抜けた赤目の背に向かい、間合いを詰めた。すると、赤目もくるりと平田に向き直った。

「年寄りと思うて手加減した井上の憐憫《れんびん》を、赤目小籐次、どう思うてか」

平田は井上が足元で断末魔の痙攣《けいれん》に震える様子を目の端に感じ取りながら、怒りを抑えて言った。

「来島水軍流流れ胴斬り」

赤目小籐次の口からその言葉が洩れた。

平田が林崎流の居合の体勢をとり、間合いを詰めた。

相手は血に濡れた次直を右手一本に持ち、切っ先を平田の眉間《みけん》に差し伸ばした。

平田は夜気を吸い、ふうっと静かに吐いた。

次の瞬間、腰から一剣が鞘走った。

赤目も片手一本に突き出した次直を、踏み込んできた平田の喉元に向かって振るった。

居合と片手一本の技が同時に生死の境でぶつかった。

平田の居合が小柄な影の胴に届いたと思われた、その直前、平田の喉元に次直の切っ先が翻って平田の勢いを止めた。

乗物の中から相馬は二人の供侍が斃されるのを見て、

「おのれ、許さぬ」

と足袋裸足《たびはだし》で乗物の外に出て、手にしていた大刀の柄に手をかけた。

赤目小籐次が相馬を睨んだ。

夜風に破れ笠の風車がくるくると回り、赤目が相馬に歩み寄ろうとした。陸尺が腰の木刀を抜いて相馬を庇《かば》おうとした。

三人対一人だが、結果は目に見えていた。

相馬は死を覚悟して供侍二人の仇《かたき》を討ちたいと思った。

赤目が動こうとした瞬間、中ノ橋の西側にある揚場《あげば》から悲鳴が上がった。

「ひ、人殺し！」

揚場で酔いを覚ましていた職人が赤目小籐次の酔狂のすべてをつぶさに見て、乗物の主まで殺されると叫んだ声だった。

赤目小籐次が、絶叫する声の方角をちらりと見て、

「命冥加《いのちみようが》な者かな」

と呟きを残すと、橋上から北品川に向って駆け去っていった。

揚場から叫び声を上げた職人もまた、騒ぎの関わりになるのを恐れたか、早々にその場を立ち去り、中ノ橋上に茫然自失《ぼうぜんじしつ》した相馬と陸尺二人が残された。

翌朝、空蔵は版木にする原稿《ネタ》を懐に芝口新町の新兵衛長屋に向おうと、尾張町の辻に差し掛かっていた。いつもの手順では版木屋に渡せばよかったが、こたび

の話は赤目小籐次自ら願ったものだ。となれば、版木職人は勝五郎しかいなかった。そこで版木屋には断りを入れて、直に勝五郎に届けようと足を急がせていた。

その耳に、

「大変だよ、大変だよ。驚天動地、この夏の盛りに空から雹《ひょう》が降ってきそうな話だ。なんとあの酔いどれ小籐次、御鑓拝借の赤目小籐次が南北品川宿を結ぶ目黒川の中ノ橋上で辻斬りをやりやがったんだ。いいかえ、これは一部始終を見ていた人間の目撃談だ！　これほどの騒ぎはありっこないよ！」

空蔵の五体が凍りついたように足が止まった。

「そんな馬鹿な」

懐の工夫を凝らした原稿《ネタ》なんぞは勢いよくふっとんでしまった。

(だが、待てよ。そんなことがほんとに起こったのか)

空蔵の競争相手の読売屋に大勢の客が群がっていた。

「こりゃ、なにかの間違いだよ」

自らを鼓舞するように口に出して言い聞かせた空蔵は、

「おおーい、浜造さん。赤目小籐次様が辻斬りをしたなんて、でたらめで商売するとは阿漕《あこぎ》だよ」

と叫んだ。すると顔馴染みの読売売りが、

「おや、ほら蔵さんかえ。斬られた相手は出羽新庄藩のお侍二人だぜ、本名も分っているし、裏付けもとってあらあ。もう赤目小籐次で商売はできないぜ、ほら蔵さん。読みたきゃ、ほれ、一枚、同業のよしみでくれてやるよ」

と客の頭ごしに投げてよこした。

それを摑んだ空蔵は一目見て、

「一体全体、なにが起こったんだ」

と呟くと、新兵衛長屋に走り出した。

四

読売屋の空蔵が新兵衛長屋に走り込んだとき、井戸端には長屋じゅうの住人が集まって、大騒ぎの真っ最中だった。その中心にいるのは読売を両手で広げた版木職人の勝五郎だ。

「勝五郎さん」

と叫ぶ空蔵を振り返った勝五郎に、

「赤目様はどうしてなさる」

と問うた。

「それが昨日からどこに行ったか、行方知れずなんだよ。久慈屋に問い質しても、大番頭さんが、昨日ふらりと裏口から出かけられたままお戻りがないって言うばかりでよ。埒《らち》が明かないや」

と答えた勝五郎が、

「空蔵の旦那、こりゃ、ほんとのことか」

と手にした読売を振った。

「そんな馬鹿なことがあるものか。いい加減に決まってる」

「だけど、出羽新庄藩の留守居役の乗物が襲われて二人の供侍が殺されたのは確かなんだろ」

空蔵は井戸端に力なく歩み寄ると、水桶に突っ込んであった柄杓で水を掬《すく》い、
ごくりごくり
と喉を鳴らして飲んだ。

「その話はほんとだろうよ。だけどね、嘘に決まってらあ。あの赤目様が辻斬りなんてするわけがない。先頃から横行している偽赤目小籐次の仕業に決まって

る」

「だけど、こう派手に他の読売屋に売り出されたんじゃ、いくら本物の赤目様の仕業じゃねえっておれたちが叫んでも、ごまめの歯ぎしりだ」

「それだ。偽者一派に先を越された。この窮状を挽回《ばんかい》するには、本物の赤目様が、それがしは辻斬りなど致さぬ、その刻限にはどこどこにいたとうちの読売に証言してくれると一番いいんだがな」

「肝心要《かなめ》の酔いどれ様がどこにいるのか分らないんじゃ、腹が立つばかりだ」

駿太郎を負ぶったお夕がそんな言い合いを不安げな顔で見守っていた。

「じいじい」

駿太郎が小籐次を呼んだ。

「そのじいじいがどこにいるんだか、分らないんで困っているんだよ」

と勝五郎がぼやいたとき、北町奉行所の定廻り同心と御用聞きが新兵衛長屋の木戸口に姿を見せて、

「赤目小籐次が住まいする長屋の差配はおるか」

と叫んだ。

「はっ、はい」

と家からお麻が顔を覗かせて、

「お父つぁんの代役で、私がこの長屋の差配を務めております」

と応じた。

「赤目小籐次はおるか」

「いえ、それが昨日から戻っておられませぬ」

「虚言を弄するとためにならねえ」

とお麻の知らない御用聞きが十手を胸の前に突きつけた。

「嘘など申しません。私たちも読売を読んで赤目様がどこにおられるか心配しているところです。辻斬りなんて馬鹿げたことをなさるお方ではございません、お役人様」

「赤目小籐次がやったかやらねえか、白黒つけるのはうちの日那のお仕事だ。素人が四の五の言うねえ」

と御用聞きがお麻を一喝し、

「長屋を調べる。案内しねえ」

と命じた。

それを見た空蔵は厠に避難しようと、そおっと敷地の奥へと向った。すると堀

留に小舟が寄せられて、

「読売屋の空蔵さんですね」

と久慈屋の小僧の国三が声を潜めて聞いた。

「おめえさんはだれだえ」

「久慈屋の小僧ですよ。お乗り下さい」

合点《がってん》だとばかり空蔵は石垣から小舟に飛び降りた。すると、国三は勝五郎にも
おいでおいでして呼び寄せた。

「なに、おれも乗れってか」

頷く国三に勝五郎も続いて小舟に乗り込み、

「北町の連中がのさばっている長屋になんぞいたくねえや」

と嘯《うそぶ》いた。

国三が石垣を竿で突いて新兵衛長屋の敷地から離れさせた。

「助かったぜ、小僧さん。北町のげじげじ同心とよ、御用聞きの大耳の源造はいけすかねえ奴でさ」

と空蔵も言った。

「うちでも大番頭さん相手にわざわざ大声で叫んでさんざ嫌がらせをして、長屋

に回ってきたんですよ。それで大番頭さんが、読売屋の空蔵さんが新兵衛長屋に走っていくのを見かけたので、なにかあってもいけないから様子を見ておいでと命じられたんですよ」

「さすがは久慈屋の大番頭さんだ。機転が利いておいでだ」

ほっとした表情の空蔵が腰の煙草入れを外したが、種火がないことに気付き、また腰に戻した。

「大番頭さんも赤目様の行き先を知らないのかえ」

勝五郎が聞いた。

「うちでも赤目様がどこにおられるのか知らないんですよ。あの読売屋が、嫌がらせのようにうちに向って、赤目小籐次が辻斬りをした、二人の若侍を斬り殺したって叫んで読売を売ってたんで、うちの旗色が悪いったらありゃしない。勝五郎さんは版木職人、空蔵さんは読売屋なんでしょ。赤目様はそんなお人じゃないって、どうして書かないんですか」

それだ、と空蔵が力なく応じた。

「赤目様の指図もあってうちの読売は用意していたんだよ、偽の赤目小籐次を誘《おび》き出すための読売をね。ところが、あやつが先んじやがった。それもまさか辻斬りまでしのけるなんて夢にも思わなかったよ。懐にある原稿《ネタ》じゃあ辻斬り話に太刀打ちできないよ。ここは赤目様が辻斬りなんてやっておらぬと証言してくれることが一番手っとり早いんだがな」

「辻斬りなんて、赤目様はやってませんよね」

「国三さん、辻斬りは偽の赤目小籐次がしのけたことだ、間違いない。その辻斬りは北堀五郎兵衛ってとこまで分っているんだ。あとは裏をとるばかりなんだがな。肝心要の赤目様が動けなくなっちまった」

国三が操る小舟は久慈屋の船着場に到着した。すると、そこに大番頭の観右衛門が仁王立ちして待っていた。

「大番頭さん、なんとかならねえか。あの同心野郎と御用聞きの言いがかりにはらわたが煮えくり返り、どうにもこうにもしようがねえや」

「ここは我慢のしどころです、勝五郎さん」

と応じた観右衛門が、

「勝五郎さん、おまえさん、他人様の鑿《のみ》で版木が彫れますか」

と聞いた。

「そりゃ、彫れないことはないが、やっぱり手に馴染んだ自分のものがいいな」

「ならば、あとで国三に長屋に取りに戻らせ、道具を版木屋に届けさせます」

「なに、おれは版木屋で待機しろってか」

「北町が乗り込んだ長屋で版木は彫れないでしょう」

「ならば、おれは伊豆助番頭のところで待っていればいいんだな」

「そういうことです」

「吉報を届けてくれよ、大番頭さん」

勝五郎が船着場に上がり、空蔵も続こうとした。

「空蔵さんはそのままそのまま、この舟で難波橋にお出でなさい」

「難波橋だって」

「秀次親分の家ですよ」

「おっと、皆までお言いなさるな。そこに赤目小籐次様が潜んでおいでで、反撃開始って段取りだね」

「世の中、そううまくはいきません。空蔵さんは親分の家に控えていたほうが話を集め易かろうと思うたまでです」

「今日の大番頭さんは諸葛孔明《しょかつこうめい》か、山本勘助《やまもとかんすけ》の趣があるよ。大番頭さんの指図に従うしかないな」

「私らは同じ船に乗った者同士です」

「いかにも、一蓮托生だ」

小舟が再び船着場を離れようとした。

「大番頭さん、ほんとうにおまえ様は赤目小籐次様がどこにおられるか知らないのかえ」

「空蔵さん、赤目様は最初からそなたの手を借りようとなされていましたな」

「へえ」

「相手に先を越された以上、必ずや連絡《つなぎ》が入ります。そのときは一気に話が書けるように、親分の家でその手立てでも思案していなされ」

小舟が芝口橋を潜っていった。

二人の会話を立ち止まって聞いていた勝五郎も、

「おれは版木屋に待機だね」

「念には及びません。道具は直ぐに届けさせます」

勝五郎も船着場から河岸道に上がり、船着場には観右衛門だけが残された。その観右衛門は御堀の水辺から北の空を眺めて、

「赤目様」

と呟いた。

深川蛤町の竹藪蕎麦に大勢の人々が集まり、美造親方が読売を読み上げるのを聞いていた。

野菜売りのうづがいて、曲物《わげもの》職人の太郎吉が傍らに控え、縞太郎とおきょうの若夫婦にその母親のおはるが耳を欹てていた。

美造が最後は読売を読み飛ばし、

「こんなでたらめがあるか」

と怒鳴った。

「赤目様が辻斬りだって。自分を殺しにきた侍の子を手元に引き取り、育てるようなお人が、刀が血に飢えているだなんて理由で人を殺すものか」

「おまえさん、そんなことはだれも分っているよ」

おはるが言い、

「お父つぁん、読売はでたらめを書いていいのか」

「縞太郎、おまえは読売がほんとのことを書いているというのか」

「そうじゃねえよ。だけど、火のないところに煙は立たないからな。だって、辻斬りを見ていた人間がいるんだろ」

「だから、それが見間違いだというんだよ。おめえにとって命の恩人の赤目様だ、努々考えちゃならねえ。そんな道理がおめえには分らないか」

美造が倅に反論した。

「なにも、おれは赤目様が辻斬りしたなんて思ってねえよ。だけど、この読売がでたらめなら、お上はなぜ取り締まらねえ。赤目様はどうしていなさるんだ、それを知りたいだけだよ」

うづは竹藪蕎麦の父子の言い合いにいたたまれないのか、店からそっと出ていった。そして、それを太郎吉が追いかけた。

野菜を積んだ舟を舫った、棒杭に板を渡しただけの蛤町裏河岸の船着場に立って、うづはなにか思案していた。

「うづさん、大川を渡って新兵衛長屋を訪ねる気か」

太郎吉の問いにうづがくるりと振り向き、

「いえ、商いに出るの」

「うづさん、赤目様が心配じゃないのか」

「なにも心配なんてしてないわ。あの読売が書いたことはほんとうかもしれない」

「えっ、赤目様が辻斬りをしたってうづさんは言うのか」

「太郎吉さん、そんなこと爪の先ほども考えてないわ。あの読売にはなにか裏の事情が隠されていると思うの。赤目様が絶対にそれを暴いて下さるわ。そう思わない、太郎吉さん」

不意にうづの目に涙が盛り上がってきて、頰を伝い始めた。

「うづさん、ご免よ。おれ、なにも赤目様が辻斬りしたなんて考えたことはないからね」

「太郎吉さん、私たちが今できることは、ただ赤目小籐次様を信じることだけよ。だから、私は大川を渡って芝口新町の新兵衛長屋を訪ねないの。いつものように商いを続けるだけだわ」

「分った。おれも戻って仕事をするよ」

うづが手を差し出した。その手を太郎吉が握り返すと、二人の重なった手の上にうづの涙が、
ぽたり
と落ちた。

夕暮れ、難波橋の秀次親分が大汗を掻いて戻ってきた。秀次は一人の若侍を従えていた。

「おおっ、空蔵さん、うちにいなさったか」

「久慈屋の大番頭さんの指図でさ、昼からこうして親分のお帰りを待ってましたよ。なんぞ分りましたか、赤目様はどこにおられるんですね」

と矢継ぎ早に聞いた。

「この糞《くそ》暑い炎天下を走り回ってきたんだ。わっしらに麦湯くらい飲ませてくんな」

秀次は空蔵にそう言うと、

「篠田様、どうぞお上がり下さいましな」

と肥前小城藩江戸屋敷徒目付の篠田信夐を家の中へと招じ上げた。

秀次、篠田、空蔵の三人は、釣り忍がかかり、風鈴の音がかすかに響く庭に面した座敷に通って腰を落ち着けた。

麦湯が届けられ、秀次と篠田が喉の渇きを潤した。

「わたしゃ、これほど気を揉んだ日はございませんよ」

「空蔵さん、おまえさんだけじゃねえさ。正直言っておまえさんの競争相手に先を越されて、おれも慌てた。ともかく、篠田様にお目にかかろうと、小城藩の江戸屋敷にあれこれ手を替え品を替え、策を弄して篠田様と連絡をつけようとしたんだが、生憎、篠田様は本家の佐賀藩に呼ばれておられてな、最前ようやく藩邸に戻られたところでお会いすることができたんだ」

「篠田様は小城藩のご家中でございますので」

と空蔵が篠田と秀次の顔を見ながら聞いた。

「いかにもそれがし、小城藩の家臣にござる。こたびの一件、正直申して複雑な立場にあってな、藩に忠義を尽くすことは家臣として固《もと》より当然の務めにござる。と同時に朋友伊丹唐之丞の難儀を親分に聞かされて、強い懸念と同情を感じてもおる」

篠田は正直に胸の中を吐露した。

「空蔵、篠田様は赤目様が小城藩など四家を相手に戦われた御鑓拝借の時分は江戸におられず、国許の小城におられた」

「篠田様は小城の事情に詳しいお方というわけですな」

読売屋の空蔵が勘よく核心を突いた質問をして、さらに続けた。

「偽赤目小籐次の北堀五郎兵衛について承知でございますか」

篠田が小さく首肯した。

「小城城下の外れの百姓家に住み暮らし、長年独り稽古《げいこ》に研鑽《けんさん》して天真円光流《てんしんえんこう》なる独自の殺人剣を編み出した人物です。父親北堀百人《ひゃくにん》様はその昔、当家の御番組を勤めておいでであったとか。ある年の新年の宴の席で御番組頭と口論になり、木刀で打ちすえて、小城藩を逐電《ちくてん》なされたそうな。その子と自称する五郎兵衛どのが小城藩に姿を見せられたのが今から三十余年も前のことでな。百人様を知る家中の方々は、風貌も亡父にそっくり、偏屈にして頑迷な剣術家であった父御の血と気性をよく継いでおると評しております。小城城下では、この人物に触れるのはなぜか禁忌でして、家中一同知らぬ振りをしてきたのです。この北堀五郎兵衛に関心を抱かれたのが、先代藩主が城下の寺の娘とねんごろになり、生まれたお子の鍋島直篤様でございます。そして、こたび、直篤様が江戸藩邸に上がられる折、別行《べつぎょう》で連れてこられた人物です」

「篠田様、鍋島直篤様の命で北堀五郎兵衛は、赤目小籐次の偽者を演じておるのでございましょうか」

「それはそれがしにも窺い知れぬ。じゃが、北堀一人でできることではないことも確か」

篠田は自らの藩のことだけに複雑な心境であった。

「本日、篠田様は本家佐賀藩江戸屋敷に呼ばれた伊丹権六様に同道して、その場に同席なされ、鍋島直篤様が別行で江戸に連れてきた北堀五郎兵衛のことを問い質されたそうな。本家としても御鎧拝借の騒ぎが再燃して鍋島本家の名を汚すことを気にかけておられるのですよ、空蔵さん」

「鍋島一族としては、偽赤目小籐次の横行などご迷惑でしょうな」

「あってはならぬこと、それが本家の意向でござった」

秀次の家の狭い庭に、いつしか夜の帳《とばり》が下りていた。

「ともかく、鍋島家とは無縁のこととして偽赤目小籐次の事件に決着つけよと、伊丹権六様にしかと命じられました」

肥前佐賀藩三十五万七千石の鍋島本家は、分家小城藩鍋島家に最後通牒《つうちょう》を突きつけたことになる。

「偽赤目小籐次の北堀五郎兵衛を誘き出すにも、千両役者が欠けていてはどうにもなりませぬな」

「赤目小籐次様に会わないと読売は書けない、と空蔵さんは言うのかえ」

「親分、あの読売の後だ。こっちも腹を括《くく》って一世一代の記事を書こうって話だ。赤目様には絶対にお目にかかりとうございますよ」

「それがしも伊丹唐之丞に会ったうえで、そなたらの策に加担するかどうか、最後の決断をしたいのだ、親分」

篠田信夐が秀次を見た。

しばらく腕組みして考えていた秀次が大きく頷き、

「ようがす。ご案内申し上げます」

と言うと、立ち上がった。

第五章　地蔵堂の闇

一

山谷堀から衣紋坂《えもんざか》、五十間道が緩やかに弧を描いて吉原大門《おおもん》へ延びていた。その見返り柳の傍《そば》で読売屋が大声を張り上げていた。

「またまた腹をお召しの留守居役が出たよ。伊勢町の米会所騒ぎで損金を出した大名家、大身旗本の用人、勘定方の腹切りが五人、いやこれで六人目だ。武家方はどこも火の車というが、こう立て続けに腹をかっ捌くのは尋常じゃねえ。この読売には、そんな話が載ってるよ。買いねえ、買いねえ！」

だが、吉原に向う遊治郎《ゆうやろう》の足を止めるほどの関心を呼ぶことはなかった。

「秀次親分、まさか吉原を訪ねようってわけじゃないよね」

と空蔵が、ちらりと読売の売り手を見て聞いた。

「悪いかね」

「親分、赤目様と伊丹唐之丞様って若侍は吉原に居続けってわけですかえ」

「真かどうか、空蔵さんの目で確かめるこった」

秀次親分にも確証があってのことではないらしい。

夏の六つ半(午後七時)、灯りが入る頃合だ。

大門は駕籠を乗り付けた番頭ふうの男や、仲間と連れ立って冷やかしに来た職人たちで賑わいを見せていた。

「全盛は花の中いく長柄傘《ながえがさ》」

定紋入りの箱提灯を先頭に、仲ノ町には花魁《おいらん》道中が妍《けん》を競って七軒茶屋に向う様子が見られた。

秀次は、大門を潜った左手にある町奉行隠密方が詰める面番所に挨拶に行った後、仲ノ町の通りの左端を進んだ。

読売屋の空蔵は興味津々に、引手茶屋の前で、

「仲ノ町張り」

と称する、贔屓《ひいき》客を持つ太夫《たゆう》の婀娜《あだ》っぽい姿を覗き込んでは、

「ほうほう」

　と感嘆の体だ。

　だが、江戸勤番に慣れない篠田はどことなく落ち着きのない体で秀次に従い、万灯《まんどう》の灯りに煌々《こうこう》と照らされた仲ノ町の威勢に圧倒されたか、黙していた。

　秀次は京町二丁目の辻を曲がり、大籬《おおまがき》松葉屋の張り見世《はみせ》の前で足を止めた。格子の中には吉原でも五指に入ると評判の清琴太夫を真ん中に左右にずらりと花魁衆や禿《かむろ》らが控えて、客が群がっていた。

「難波橋の、酔いどれ様がこの楼にいるってかえ」

　と空蔵が小首を傾げ、

「伊丹唐之丞がこのような華やかな場所におるとは思えぬがのう」

　と篠田も首を捻った。

「わっしが聞いて参りまさあ」

　大籬の横手に松葉屋の玄関があって、秀次は片手で大きな暖簾を撥《は》ね、姿を没した。

「篠田様、思いもかけない場所に連れて来られましたな」

「伊丹唐之丞と吉原がどうしても結び付かぬ」

空蔵の言葉に篠田も同意を示した。すると、秀次親分の顔が暖簾の間から、
にゅっ
と現れ、手で差し招いた。

二人は顔を見合わせ、それでも半信半疑の体で玄関に入った。すると、そこに男衆《おとこし》がいて、

「こちらからお通り下せえ」

と広土間の端に履物を脱ぐように言った。

篠田は大刀を抜くと、どうしたものかという顔で男衆を見た。

吉原で武家が登楼する場合、刀を帳場に預ける決まり事があった。その程度の知識は篠田にもあったとみえる。

「酔いどれ様のお知り合いでございましょ。うちの客でもなし、帳場の刀架けに預ける手間も要りませんや。お持ちなせえ」

と男衆が答えて大階段から三人は二階に上がった。すると、遣手《やりて》が三人をじろりと睨んで、

「新規様三人、酔いどれ様のお座敷にお通り」

と迎えた。

「ほんとうにいるようですよ」

空蔵が呆れ顔で呻いた。

遣手が案内したのは襖《ふすま》を閉《た》て込めた布団部屋で、がらりと襖を引きあけると、浴衣を肌脱ぎにした小籐次と、こちらは袴を身に付けた伊丹唐之丞がにっこりと笑って訪問者を迎えた。

二人して顔に汗を掻いていた。なにしろ布団部屋だ。十二分に暑かった。

「おお、お歴々参られたか」

小籐次の言葉に空蔵が、

「なにが参られたかですか」

と小籐次を睨み、伊丹が恐縮の体で、

「篠田どの、心配をお掛け申した」

と頭を下げた。

「居残りの客のようだが、だいぶ待遇が違いますな」

秀次が酒と膳を見て苦笑いした。

暑さが漂う布団部屋だったが、奇麗に片付けられて、二人の前には仕出し屋から取られた膳部と四斗樽がでーんと鎮座していた。

「呆れた。おれらが冷や汗掻いているというのに、酔いどれ様方は吉原で大尽遊びですかえ」

空蔵の言葉は羨《うらや》ましげにも聞こえ、悔しそうでもあった。

「空蔵どの、そう申されるな。ここは布団部屋じゃぞ。これには理由《わけ》があってな」

「そりゃ、理由くらいございましょ。まずはおれらを得心させなきゃあ、赤目小籐次様は二人のお武家様を辻斬りした天下の大罪人でございますよ」

布団部屋に三人が加わると窮屈だった。ともかく風の入る窓がないために日中の暑さが籠《こも》っていた。

「空蔵どの、わしが出羽新庄藩の留守居役一行を品川宿目黒川の中ノ橋で待ち受け、供侍を斬り殺したのはいつのことだな」

「自分のことですよ、そんな呑気なことでいいんですかえ。昨日の夜半九つ（午前零時）過ぎのことです」

「吉原の大門が閉じられるのは何時何刻《いつなんどき》じゃな」

小籐次は突然、話柄を転じた。訝しい顔の空蔵だが、それでも答えていた。

「お上が定めた決まりは四つ（午後十時）ですがね、吉原では引け四つと称して九つ近くまで引き延ばします。それから拍子木を打って、おしげりなんしと遣手に言われた客が床入りをして、このとき、大門が閉じられて明け六つ（午前六時）まではだれも出入りができない習わしですよ」

「となればじゃ、わしが品川宿中ノ橋まで出張《でば》って辻斬りを致すのは無理な話じゃな」

「どうしてそう言い切れるので」

「伊丹唐之丞どのと二人、昨夜、妓楼《ぎろう》じゅうを引け四つの拍子木を打って歩いたのは、この赤目小籐次ゆえな」

「なんですって。お二人で松葉屋の男衆を務めていたと申されるのか」

「いかにもさようです。その後、清琴太夫の座敷にてご酒《しゅ》を頂戴致しました」

伊丹唐之丞がどこか誇らしげに答えていた。

「伊丹どの、真か」

「篠田どの、それがしが、しばし江戸藩邸に戻らぬわけをお話し申したい」

篠田が首肯した。

「赤目様が、屋敷に戻れば鍋島直篤様一派の手に掛かって命を取られる恐れあり、ここはわしに身をお預け頂きたいと、この吉原にお連れ下されたのだ。ゆえに、昨晩は退屈しのぎにわれら男衆の真似事を務め、その後、清琴太夫の座敷に招かれてご酒を馳走になったのは確かなことにござる」

「なんと呑気な」

さすがの篠田も呆れたように答えた。

「ともかく武士の面目にかけて申すが、昨夜、赤目様が吉原から出られたということはござらぬ」

伊丹が本論にもどした。

「いや、篠田様、これ以上の話はございませんぜ。赤目様は吉原にいて清琴太夫とご一緒に過ごされたってわけでございましょ。どうやって目黒川の中ノ橋に遠出できますか」

「親分どの、清琴太夫ばかりが証人ではござらぬ。大勢の花魁衆や禿がその場におられた」

「申し分ない」

と空蔵が急に張り切った。

「そればかりではないぞ。清琴太夫のお客様がな、出羽本庄藩藩主八代目六郷阿《ろくごうあ》波守政純《わのかみまさずみ》様であったわ」

と小籐次も口を添えた。

六郷家の上屋敷は吉原の南東数町も離れていない浅草田圃《あさくさたんぼ》にあって、

「歴代の六郷の殿様の遊び上手」

と吉原でも知られていた。

「なんですって。これでぴったりと役者が揃いましたぜ。だが、当の赤目様と伊丹様だけの証言では、ちと弱うございますな」

と空蔵が腰の矢立《やたて》を抜きながら、慎重な物言いをした。

そのとき、廊下に人の気配がして、すうっ、と襖が開かれ、

「わちきが酔いどれ様と一晩、ご一緒でしたと申し上げても、不足でありんすか」

と艶然《えんぜん》たる笑みで空蔵を見た。

篠田も空蔵も目を剝いて、言葉もなく清琴太夫の美形を見返した。

ぞくぞく
とした戦慄《せんりつ》が空蔵の背筋を走り、

「花魁、赤目様が昨晩こちらにおられたのは確かな話ですね」

「酔いどれ様と清琴はお客と花魁以上の間柄、わちきにとって大の恩人にありん

す。嘘は申しませぬ」

「それはまたどうして」

「赤目様が自ら作られた一つ百両の吉原明かりをこの清琴にお贈り下しゃんした。その話が廓《くるわ》の外に流れて、ひと目、清琴と吉原明かりを見んとお客様が連日連夜詰めかけしゃんしてな、楼主の歌右衛門様もお内儀《ないぎ》お高様もご機嫌麗しゅうありんす。遊女は売れてこそ花、これを恩人と呼ばずしてなんと申しましょうや」

「ほうほう」

「昨夜の客は六郷の殿様だそうで」

「いかにも六郷政純様にござんしたが、明け方まで清琴の座敷で殿様と赤目様は酒を酌み交わしておられました。その赤目様が、どのような手妻《てづま》を使うて目黒川中ノ橋まで行かれましょうや」

「酔いどれ小籐次、遊びの達人六郷の殿様、当代きっての清琴太夫が一夜揃っての宴とは、申し分ございませんよ。あとは、おれが腕に縒りをかけて江戸じゅうを大騒ぎさせてみせますよ」

と空蔵が胸を張って宣言した。すると秀次親分が、

「空蔵さんや、ちょいと知恵を借りたいんだがね」

「北堀五郎兵衛の居場所の見当はおよそついているんだよ」

ほう、と空蔵が身を乗り出し、

「さすがは難波橋の親分だ」

と小籐次も秀次を見た。

「普段から酔いどれ様には世話になり放しでございます。今度ばかりは気を入れて江戸じゅうを駆け回った。下っ引きの一人がどうやら偽赤目小籐次の隠れ家を探し当ててきましてね。まあ、江戸の外れでございますよ」

「それで」

「偽の小籐次を討つ人物は本物しか考えられないや」

空蔵が言うと、

「いかにもさようです」

と秀次が返した。

「どうせ偽と本物が戦うんだ。それらしい場所に舞台を設けたいじゃございませんか」

「全くです」

「どんな知恵です」

空蔵が提案し、秀次が即答した。

小籐次は秀次の考えが未だ分らなかった。

「赤目様、晴れ舞台の一件、お後の楽しみにして、この秀次と空蔵さんに任せてくれませんかえ」

任せよう、と小籐次が答えた。すると空蔵が、

「親分の考える場所に、北堀って野郎を誘き出す文を書けと申されるんだね」

「そういうことだ。やってくれますか」

「今晩はなんとも忙しいことになるよ」

と細い腕を撫した。

翌朝から空蔵の読売屋が反撃に出た。

「ささっ、お立ち会い、御用とお急ぎのある方もない方も、この読売を買わずして、江戸っ子でございなんて面はできませんよ。いいかえ、昨日のこった。あの酔いどれ小籐次様が品川宿は目黒川の中ノ橋上で、出羽新庄藩戸沢様のご家臣の乗物を襲い、二人の供侍を辻斬りしたという、例の読売は真っ赤な嘘っぱちにござんすよ。いいかえ、皆の衆！」

「なにっ、赤目小籐次様の辻斬りはなかったのかえ」

とお客が読売屋に反問した。

「よくぞ聞いてくれました、お客人。いいかえ、中ノ橋の事件はたしかにあったんだ」

「だから、それが酔いどれ小籐次の仕業なんだろ」

「焦るな騒ぐな、よおくその汚ねえ耳をかっぽじって聞くんだよ。いいかえ、品川宿中ノ橋で供侍を斬り殺したのは、本名を北堀五郎兵衛と申す、天真円光流の殺人剣の技の持ち主だ。体付きが小柄で本物の赤目様とよく似たこの者が、このところ酔いどれ様の周りに出没し、下手な研ぎ仕事をしては、高い研ぎ代をふっかける。この程度の悪戯はまだかわいかったね。酔いどれ様の商売道具の小舟を盗む、さらには芝口新町の新兵衛長屋に忍び込んで、酔いどれ様の先祖伝来の備《びっ》中《ちゅう》次直を引っさらっていくとなると、ちと許しがたい話だ。悪さのし放題だよ」

「またなんで偽小籐次、そんなことを繰り返すんだ」

「そりゃな、理由があらあ。その理由はこの読売にすべて書いてある」

「読売は買うからよ、今更話を途中でちょん切るねえ」

「なに、読売は買うとぬかしたな」

「おお、おれも江戸っ子だ。大川で産湯《うぶゆ》を使ったお兄さんだ。嘘は言わねえ」

「ならばもう少し話そうか。まずは江都に名高き赤目小籐次様の評判を落としたいがため、これが一つの理由だ」

「それだけの理由で辻斬りまでやったか。そんなまどろっこしいことをしないで、本物の酔いどれ様と勝負すればいいじゃねえか」

「よう言うた、熊公や」

「だれが熊公だ」

「大切な理由が隠されているんだよ」

「それはなんだと最前から聞いてるんだよ」

「この北堀五郎兵衛の亡きお父つぁんは、肥前某家に奉公した北堀百人と申される武芸者だ。だが、このお方、上役と口論して殴ったとか、叩きのめしたとか、肥前国某藩を脱藩なされた。三十年前、どういう経緯か知らないが、その子の五郎兵衛が某藩に住みつき、のちに城下外れで、天真円光流の道場の看板を掲げたんだよ。脱藩した家臣の子ながら腕はめっぽう強い、ついでに小柄ときた。どうだ、これで思いつくことはねえか、唐変木《とうへんぼく》」

「言いやがったな。肥前とくれば、たしか御鑓拝借四家のうちの一家にあったたな。

まさかこたびの辻斬りは御鐨拝借の因縁《いんねん》が続いているという話ではなかろうな」

「さあて、そこからはこの読売を買ってくんな」

ほら蔵こと空蔵が健筆を振るい、勝五郎が徹夜で彫り上げた版木で刷られた読売の数は、並の読売の十倍に及んだ。

それが朝方から昼前の江戸に売り出されたのだ。それによると、酔いどれ小籐次の名を騙る北堀五郎兵衛が辻斬りを働いたとき、赤目小籐次は華の吉原で当代きっての花魁清琴太夫の座敷にいたというのだ。そして、その座敷の主は、六郷の若い殿様ときては役者が揃いすぎて、偽赤目小籐次の存在が一気に江戸じゅうに知れ渡ってしまった。

偽の赤目小籐次を演じた北堀五郎兵衛が追い詰められた。

空蔵の第二弾の紙つぶてが、その偽小籐次の許へと届けられた。

二

夜半九つ（午前零時）過ぎ、幸橋御門内にはまだ暑さが残り、御堀を吹き渡る風さえ止まって、蚊のぶーんという音だけが響いていた。

空蔵は大和郡山藩の築地塀《ついじべい》の外に植えられた大松の根元に座り、近付く蚊をそおっと手で追い払っていた。

（来るか来ないか）

何十度反問したことか。

「いいかえ、空蔵の意地が掛かった話なんだからな」

と自らに小声で言い聞かせた。

だが、なんの変化もなく、幸橋御門の内側に石垣、枡形櫓《ますがたやぐら》があって直参旗本の御番衆が門番を勤めていたが、夜半の時鐘を聞いて番屋に籠ったか、人影もない。

空蔵は不安に襲われた。

（この空の仕掛けで天下の大事が出来するかどうか、神様仏様）

と空蔵は思わず合掌して天を仰いだ。

だが、なんの変化も起こりそうにない。

待てよ。難波橋の秀次親分は偽小籐次の隠れ家を見付けたようなことを言っていたが、それが間違いではなかったのか。となると、いくらこの空蔵が舞文曲筆《ぶぶんきょくひつ》を凝らしたとて、相手に文が届かないのではこちらの意が伝わらないではないか。

さらに半刻が過ぎた。

空蔵は諦めの気分に見舞われた。
ほら蔵の技もここまでか。ゆるゆると時が流れて、江戸じゅうが眠りに就いていた。
「これで八つ（午前二時）の時鐘を聞いたら万事休すだぜ」
と呟く空蔵の額にぶーんと飛んできた蚊を思わず、
ぴしゃり
と掌で叩いた。
その視界の先で、御堀の石垣下に小舟が静かに漕ぎ寄せられた。そして、小舟を舫うと石垣から河岸道に上がった。
幸橋南詰の広場、里では久保町原と呼ばれる河岸道だ。
「野郎か」
小柄な影は破れ笠を被り、その縁に風車を差し込んでいるのか、
からから
と風もないのに回る音が微《かす》かに響いてきた。
（よし、来やがった）
だが、空蔵の視界の先で対岸の人影は闇に紛れて消えた。

（用心してやがるな。さあ、来やがれ）

だが、一旦闇に没した影は再び姿を見せることはなかった。

（この空蔵がなんぞあやつに怪しまれる文を書いたか）

空蔵の煩悶《はんもん》は続いた。

小籐次も空蔵から半町ばかり離れた御堀の石垣上の植込みに胡坐《あぐら》を掻いて、その影の行動を確かめていた。

影の消えた石垣の下に小舟が舫われて、揺れていた。

小籐次は影が姿を消した意味について深く考えてはいなかった。なあに、いずれ姿を見せる、それは確信だった。

北村おりょうから久慈屋を経由して届けられた文には、鎌倉行きの日取りが急に決まり、

「明未明には水野邸を出立致しとうございます」

との願いが記されていた。その刻限までに決着がつくかどうか、小籐次は案じていた。だが、かようなときほど、

「焦ってはならぬ」

これが鉄則じゃぞと胸に言い聞かせた小籐次は、影が没した闇を見詰めていた。

どれほどの時が流れたか。

小籐次が潜む植込みの西側からひたひたと草履の音がしてきた。

偽小籐次め、幸橋御門を避けて、外堀の一本上にかかる新シ橋を渡り、幸橋御門内に入り込んだのだ。新シ橋は御門がなく、門番がいなかったゆえ、深夜の渡橋者が誰何されることはない。

（いろいろと考えおるわ）

小籐次は植込みの陰から近付く足音の主を見定めようとした。その視界の先に、まるで己の分身と思える影がひたひたと近付き、通り過ぎた。

空蔵も、

（やはり、おれの筆に躍らされやがった）

と安堵の息を小さく吐いた。

影が足を止めた。ぎくりとした空蔵の視線の先で、どうやら覚悟を決めたらしい偽小籐次が肥前小城藩鍋島家の門前へと向った。

赤目小籐次はそれを確かめ、植込みから立ち上がった。

単衣に野袴を穿き、武者草鞋《わらじ》に足を固め、竹とんぼを差し込んだ破れ笠を被って、背に道中嚢《どうちゅうぶくろ》を負っての旅仕度だ。

おりょう様に約定したかぎり従う。その覚悟の時が到来したのだ。だが、その前に一つ、なすべきことがあった。

影が鍋島家の閉じられた大門の門前に立ち、夜空に聳《そび》える御門の屋根を見上げた。そして、通用口へと踏み出そうとしたとき、

ぶうーん

と夜気を切り裂いて飛来する音が背から響いた。

「うむ」

門前の人影がぎくりと動きを止めて、振り見た。すると、数間離れた地面を竹とんぼが這い飛び、影目がけて飛来していた。

「赤目小籐次を演ずるのも今晩かぎりと思え、北堀五郎兵衛」

小籐次の鋭い怒声が飛んだ。

「やはり、そなたの企みか」

偽小籐次の北堀五郎兵衛が合点がいったという声音《こわね》で応じた。

その瞬間、竹とんぼが地面から不意に浮き上がり、北堀五郎兵衛の眼前を過《よぎ》ると笠に差し込まれ、ゆっくりと回る風車を直撃して、ばらばらに破壊した。

「だれが演じたとて、赤目小籐次を演じ切れることはないと思え。そなたの命運

もこれで尽きた」

「肥前国士として赤目小籐次の増上慢《ぞうじょうまん》許せぬ」

「そなたの父御はいかにも肥前小城藩に奉公なされたと聞いておる。じゃが上役に乱暴して逐電脱藩なされた筈。そなたには肥前小城藩鍋島家は何の所縁《ゆかり》もなき大名家ぞ。だれに指図されたか知らぬが、あたかも藩命を受けたが如く赤目小籐次に扮して江戸を騒がすは、迷惑千万にござる！」

小籐次の声は朗々と小城藩門前に響き、門番所で人の騒ぐ気配がしたかと思うと通用口が内側から開こうとした。

「小城藩門番どのに赤目小籐次が物申す。それがしの名を騙り、品川宿中ノ橋上にて出羽新庄藩戸沢様の留守居役どのの乗物を襲い、なんの咎なき供侍二人を斬り殺した偽赤目小籐次こと北堀五郎兵衛めを、僭越《せんえつ》ながら戸沢家になり代わり、この赤目小籐次が成敗致す。当家には辻斬りなど無縁のことに御座候。ゆえに決して門を開かれてはなりませぬぞ！」

門内で小競り合いが起こった。だが、一方が他方を制した気配があって、声が響き渡った。

「赤目小籐次どのにお応え申す。いかにも当家にては赤目小籐次を騙りて辻斬りをなす人物などと一切関わりござらぬ。ゆえに赤目小籐次どの、存分にご成敗あれ」

「承知仕った」

小籐次は、伊丹唐之丞を小城藩の本藩佐賀藩江戸屋敷に差し向け、偽赤目小籐次事件の真相の全てを告げさせていた。

本藩ではこれ以上、分家小城藩に御鑓拝借の騒ぎが尾を引くことを恐れるとともに、偽赤目の父親北堀百人が小城藩を脱藩したことも考え合わせ、即刻、分家に遣いを出して、鍋島直篤の所業を糺《ただ》すとともに行動を慎ませるべく手を打っていた。

その一方で空蔵が、小城藩上屋敷に参上せよという鍋島直篤からの文を偽造し、その文を秀次親分が板橋宿に潜んでいた北堀五郎兵衛に届けていた。

「北堀五郎兵衛、おぬしの進退此処《ここ》に窮まったわ」

「ならば、赤目小籐次を討ち果たし、江戸を出るまで」

と潔く覚悟を決めた北堀が次直を抜き放った。

小籐次は小城藩門前に立つ北堀まで静かに間合いを詰めた。そして、一間半と迫ったところで足を止めた。

「天真円光流とやら拝見致そうか」

「来島水軍流、見極めたり」

北堀五郎兵衛の言葉に小籐次がにたりと笑った。

「その言やよし。それがし、未だ亡父から教わった来島水軍流、奥伝に達せず。畢竟《ひっきょう》武芸とは果てが見えぬものと心得たり。ために終世稽古を致すであろう」

「ならば、勝敗は決したも同然かな」

半間ほど間合いを詰めた小籐次は孫六兼元を抜き、正眼《せいがん》に置いた。

北堀五郎兵衛は次直を左脇構えにとった。

ごくり
と空蔵は喉を鳴らし、手に持った紙と筆が震えた。だが、二つの影の動きから視線を離すことはなかった。

戦いが終わったとき、空蔵も読売の原稿を書き終える覚悟、

(これがおれの戦い)

と肝に銘じていた。それにしても遠目にこれほど似た影があろうか。

全く瓜二《うりふた》つの影だった。

幸橋御門内の御番衆も御門内の大名諸家も固唾《かたず》を呑んで、赤目小籐次と偽の赤

目小籐次こと北堀五郎兵衛の対決を密やかに見守っていた。

北堀の脇構えの次直がゆっくりと円弧を描いて頭上へと迫《せ》り上がり始めた。

一方の小籐次の正眼は不動だった。

幸橋御門内で見守る見物人の目には、偽小籐次の剣の切っ先が円を描いて虚空に上がる様も、不動の小籐次の構えも時の流れの中に封じ込められ、凍結しているように見えた。

次直が垂直に立てられた。

その瞬間、偽小籐次は上体を前に突き出した前傾姿勢で踏み込んできた。

小籐次は引き付けた。

耐えに耐えて、待った。

偽小籐次の体がふわりと虚空に浮いた。すると、北堀五郎兵衛の小柄な体が二倍にも伸びたように思えた。その姿勢から次直が、不動の小籐次の脳天目がけて雪崩れ落ちてきた。

不動の姿勢の小籐次がその場にしゃがんだ。

ために北堀五郎兵衛の次直の切っ先が無益にも虚空を流れて、ぺたりと地面に両足が着いた。

その瞬間、しゃがんだ姿勢の小籐次が伸び上がり様に孫六兼元を振るい、偽赤目小籐次こと北堀五郎兵衛の喉元に伸びた。そして、若鮎《わかあゆ》の動きのように切っ先が、
ぱあっ
と刎《は》ね斬った。

血飛沫《ちしぶき》が虚空に帯状に流れ飛び、北堀五郎兵衛の体が横手に吹っ飛んで肥前小城藩の門前に転がった。

「来島水軍流漣《さざなみ》」

小籐次の口からこの言葉が呟かれた。

密やかに見物する人々から、

「ふうっ」

という息が期せずして洩れた。

小籐次は孫六兼元に血ぶりをくれると鞘に納めた。そして、斃れ伏した北堀五郎兵衛の体の前で短く合掌するとそれを解き、敗れ去った偽小籐次の手から次直と鞘を奪い返した。そして、あちらこちらの闇に潜んだ見物人にその行動を見せ

るように鞘と次直を高く掲げて、

「赤目小籐次、偽者によって奪われしそれがしの次直、奪い返し候！」

と叫ぶと、
ぱちん
と音を立てて納刀した。

「あっぱれなり、酔いどれ小籐次どの！」

小城藩に隣接した薩摩《さつま》藩島津家の塀上から声が響き渡った。

その声に小籐次は一礼すると、幸橋御門に向って進み、呆然と戦いを見詰めていた御番衆に、

「御門内をお騒がせ申し、恐縮至極にござる。仔細は、戦いに際して述べた通りにござる。それがし、これにて失礼仕る」

と述べると御門を潜り、幸橋を渡り、対岸の石垣下に舫ってあった小舟に向い、ひらりと飛び降りた。そして、舫い綱を解くと、石垣を手で押して小舟を土橋へと向けた。

そのとき、夜空に一つの喝采が湧き、それが二つ三つと増えて何十人何百人の喝采となって潮騒《しおさい》のように辺りに響き渡り、いつ終わるともなく続いた。

空蔵は興奮を抑え切れずにいた。だが、脳髄と手は目まぐるしいほど動き回り、筆が紙の上を走って、原稿を書き終えた。

（おれの戦いも終わった）


この日の昼下がり、空蔵が健筆を振るった読売が芝口橋で売り出された。

売り手はなんと、書き手のほら蔵こと空蔵自身だ。

「東海道二つ目の橋、この芝口橋近くで本未明、世にも不思議な戦いが行われたよ。本物の赤目小籐次様と偽者の赤目小籐次が、互いの面目を懸けて戦ったんだ。それがなんと、芝口橋から難波橋、土橋ととんとんと上がった、次なる幸橋御門内で雌雄《しゆう》が決せられたんだよ」

空蔵の口上は物静かに始まった。それだけに往来する人々が関心を持って、空蔵を取り囲んだ。

「読売屋、品川宿目黒川の辻斬りはやはり偽者の仕業であったか」

どこかの大名家の奉公人と思える武士が空蔵に聞いた。

「お侍、私はね、本名の空蔵をもじって、ほら蔵と仲間に呼ばれているんだが、今度ばかりはほらはこれっぽっちも吹きませんよ。嘘偽りのない話でございますよ」

と空蔵が穏やかに言い切り、手にした竹棒で、ぴしりと太股辺りを叩いて景気をつけ、語調を変えた。

「さあて、お立ち会いの皆様に申し上げます。そこのお武家様がお尋ねになったように、過日、品川宿は目黒川中ノ橋上で赤目小籐次様が、出羽新庄藩の江戸留守居役と用人を兼職なされる相馬英蔵様の乗物を待ち伏せして、二人の供侍、一刀流の達人井上新八様と林崎流の居合術をよくする平田修五郎様を辻斬り同然に斬り斃された騒ぎがございましたな。この騒ぎ、むろんわれらが知る赤目小籐次様の仕業ではございません。このこともすでに報じられておりますが、この同じ日の同じ刻限、赤目様はなんと華の吉原で評判の高い清琴太夫、さらには出羽本庄藩六郷家の十と九歳の若殿六郷政純様とご一緒に、明け方までご酒を召し上がっておられたそうな。この政純様、亡き父御の政速《まさちか》様とご一緒に十五歳の折から大門を潜ってこられた通人にございましてな、遊び上手の若殿様として知られております。

さあて吉原は引け四つから明け六つまで大門がぴったりと閉じられるのはどなた様もご承知、遊客も奉公人もだれ一人としてどこへも出ることができません。

そのうえ、酔いどれ様と同席なされたのが天下の花魁と若い殿様ときては、いくら赤目小籐次様に化けて、辻斬り同然の狼藉《ろうぜき》を働こうと、そんな無理は通らない話にございます」

「読売屋、一体全体だれが偽の赤目どのに化けたのだな」

「天真円光流の殺人剣の手練《てだ》れ北堀五郎兵衛と申す浪人者にございましてな、外見は驚くほど赤目小籐次様に似ております。おれは昨夜の戦いを間近で見た数少ない人間ですがね、最初はどっちがどっちか区別がつかないほどでしたよ」

「勝ったのはむろん赤目小籐次どのじゃな」

「いかにもさようです。酔いどれ小籐次様、御鑓拝借以来数々の猛戦、死闘、修羅場を潜って生き抜かれ、数々の勲を打ち立てて参られましたが、昨夜の幸橋御門内の戦いもまた、赤目小籐次様に新しい武勲を加えたことになりますよ、お武家様」

「幸橋御門内とは、また御城近くで戦いが行われたものじゃな。もしや」

「お武家様、その先は言わぬが花でございましょ」

「なに、言わぬが花とな。おおっ、幸橋御門前には肥前」

「おっと、それだ」

「言わぬが花か」

へえ、と答えた空蔵が、

「私も長いこと読売屋をやっておりますがね、この目ん玉で赤目小籐次様の戦いを見て書いた読売は初めてのことだ。読んで面白くねえと仰《おつしや》る方がおられたら、お代の倍返しで引き取りやす」

「皆まで言うな。それがしに五枚くれ。国の土産に致す」

「わっしにもくれ」

「おれにもだ」

芝口橋で最初に売り出された読売は一気にあちらの高札場前、こちらの辻と売り手を増やし、江戸じゅうを大騒ぎの渦に巻き込むことになった。

「空蔵さん、ご苦労だったね」

読売をすべて売り切った空蔵に、久慈屋の大番頭の観右衛門が声をかけた。

「大番頭さん、今度ばかりは心から疲れましたよ」

と言いながら、空蔵が懐から五、六枚束ねた読売を出すと観右衛門に差し出した。

「ただ今、お代を持って参りますよ」

「久慈屋の大番頭さんから銭がとれるものですか。それより」

「それより、どうしなさった」

「今頃、赤目様はどちらでございましょうね」

と空蔵が呟いて南の空を見上げた。

三

江戸を騒がせた幸橋御門内の戦いは、だれ言うとなく、

「二人小籐次真偽の戦い」

と呼ばれるようになってあれこれと噂が噂を呼び、詮索《せんさく》された。むろん、御鑓拝借にまつわる話として肥前小城藩の一部の家臣が関わっていたという推測が流れたが、佐賀本藩も小城分家も沈黙を守り通した。

この戦いは、三橋会所と伊勢町米会所を仕切り、江戸の経済を自在に操ってきた杉本茂十郎の失脚で、暗く沈んでいた人々の心を一時浮き立たせる効果を生んだ。ために、城中でもあれこれと詰之間で話題になったという。

そんな中、出羽新庄藩六万八千二百石の戸沢大和守正胤《まさつぐ》がわざわざ豊後森藩一

万二千五百石の久留島伊予守通嘉の詰之間に足を運んで、

「久留島どの、こたびはわが家臣の仇を、わが家中に成り代わり、ようも討って頂きました。この通りお礼を申す」

と深々と頭を下げられたとか。

新庄の戸沢家は中大名、森の久留島家は小大名、家格が違った。譜代の戸沢家は帝鑑之間、外様《とざま》の久留島家は柳之間と、城中の詰之間も異なった。それが戸沢正胤のほうからわざわざ格下の久留島通嘉が待機する柳之間まで出向いたことは瞬く間に城中に広まった。

「戸沢様、たしかに赤目小籐次の旧主はこの通嘉にございますが、主従の縁はいささかの仔細ありて切れております。ゆえに、赤目の行動につきわざわざお礼においで下さる要はございませぬ」

「そのいささかの仔細が絡んで、こたびの偽小籐次騒ぎが生じたのでござろう」

「それがしにはなんとも申せませぬ」

「と、申されますか」

柳之間の一角から新たな声が上がった。二人がその声の主を振り返れば、若い外様大名出羽本庄藩二万石の六郷阿波守政純がにこにこと笑っていた。

「おお、そこにおられたか、六郷どの」

と戸沢は笑みをたたえて話しかけた。

「戸沢様が仰せのとおり、赤目小籐次にとって未だ忠義を尽くすべき主は、この久留島通嘉どの以外にございませぬ」

はっ、と感激の体で通嘉が頭を下げた。

「六郷どのは、わが家臣が奇禍《きか》に遭った同日同時刻、吉原に登楼なされておられたのであったな」

「戸沢様、城中で北里《ほくり》の話など不謹慎にござりましょうが、こたびは赤目小籐次の名誉に関わる話にございますれば、忌憚《きたん》のう正直にお答え申します。あの夜、それがし、赤目小籐次を座に呼び、清琴なる太夫と一夜酒を酌み交わしたこと、明言できまする」

「おおっ」

どよめきが柳之間に起こった。

それぞれ立場が違う三家の大名が、酔いどれ小籐次こと赤目小籐次のことで胸襟を開いていた。

「やはり赤目の主は久留島どのにございますな、六郷どの」

「いかにもさようです、戸沢様」

戸沢と六郷の羨望《せんぼう》の眼差しが久留島通嘉に向けられた。

「久留島どの、羨ましきかぎりにござる」

戸沢の言葉に顔を感激で朱に染め、身を震わせた通嘉が頭を下げた。

この話、各大名家が御城下がりの後、江戸じゅうに流れて、またまた空蔵がその場にあったが如くの読売を書き上げ、売りに出して話題を攫《さら》った。

夕暮れ、久慈屋を空蔵が訪ねてきて、観右衛門に読売を渡し、

「大番頭さん、おれはね、改めて赤目小籐次人気に気付かされましたよ。なんといっても酔いどれ様が関わった読売は売れるんでございますよ」

「それは祝着至極に御座候」

と侍言葉で観右衛門が祝いの言葉を述べ、

「赤目小籐次様の武名が上がれば上がるほど、よからぬ考えを持つ武芸者やら、利用しようという人間が出て参りましょう。空蔵さんや、その辺を見極めてな、赤目様を過大に持ち上げてもならず、かと申して過剰に貶《おとし》めてもならず、久しくお付き合い願いましょうかな」

「相分りましてございます」

と空蔵が観右衛門に頷き返した。

戸塚宿で東海道に別れを告げた北村おりょうの一行は大船へと出て、常楽寺、多聞院、熊野神社前を経て、七久保橋で砂押川《すなおしがわ》を渡った。

七つ（午後四時）を過ぎていたが、夏の候だ。陽はようやく西に傾き始めていたが、未だ強い日差しを放っていた。

「おりょう様、お疲れではございませぬか」

小籐次は橋の上で足を止めたおりょうに尋ねた。

おりょうの目は、今泉の里の百姓家の石垣に垂れた朱色の花を見ていた。

ノウゼンカズラが今を盛りと咲き誇っているのだ。

「いえ、疲れなどございましょうか。旅に出て気分は壮快、このような解き放たれた気分を感じたことは久しくございません」

「水野監物様は話の分る殿様でございますが、奉公は奉公、どこか緊張して時を過ごされてきたのです。ために、知らず知らずのうちに心身に疲れが溜まっておるのでしょう。江戸を離れておりょう様の顔色が一段とよくなられた」

「赤目様、そう思われますか」

「思いますぞ」

小籐次は菅笠の下のおりょうの白い顔を眩《まぶ》しげに見た。

「建長寺はもう遠くはございますまい。ゆっくりと旅を楽しみながら進みとうございます」

小籐次は頷き、若い女中のあいを振り返った。

十七歳のあいは水野家に行儀見習いに出て一年半、こたびの鎌倉行きにおりょうが指名して伴ってきた娘だ。

「あいどの、足は大丈夫かな」

大和横丁の水野家下屋敷を七つ（午前四時）立ちして東海道を進んできたが、川崎宿から神奈川宿に向う道中、慣れぬ草鞋に肉刺《まめ》を作って小籐次の治療を受けていた。

「赤目様の励ましになんとか歩き通せそうです」

「それはよかった」

あいは江戸高輪《たかなわ》の薬種問屋加賀屋の娘だ。旅は初めてで、小籐次はおりょうが駕籠に乗るときはあいにももう一挺駕籠を願い、乗せた。

最初、あいは、

「私は奉公人にございます」

と駕籠に乗ることを拒んだが、

「道中は最初が肝心でな、往路を無事に済ませれば復路は気分も楽になる。ここは赤目小籐次の言うことを聞かれよ」

と駕籠を上手に使いながら、二日目にして目的地の北鎌倉建長寺近くまで辿り着いたのだ。

「そろそろ参りましょうか」

小籐次がおりょうに言いかけたとき、小籐次はなんとなく一行を見つめる目を意識した。

おりょうはそのような視線に気付くふうもなく、手にした竹杖を頼りに最後の行程を歩き出した。

「おりょう様、こたびのお歌合わせには大勢の歌人がお集まりですか」

小籐次は、おりょうが実父にして御歌学者北村舜藍の代役として、鎌倉建長寺天源院にて催されるお歌合わせの詠《よ》み人の一人を務めるということしか知らなかった。

「江戸はもとより京、奈良、大坂、金沢をはじめ、西国からもこたびのお歌合わせに参られます。その数、およそ四十人には達しましょう。どなたも当代を代表する歌人にございます」

しばし沈思した小籐次は、

「おりょう様、ちとお願いがございます」

「赤目様がこのりょうに願いとは珍しゅうございますね。なんなりと申されませ」

「近頃、それがし、虚名ばかりが騒がしい赤目小籐次という名に辟易《へきえき》してござる」

「赤目様の名がどうして虚名にございましょう」

「おりょう様、それがしが危うくおりょう様との約定の刻限に遅れそうになった理由をお話し申しましたな」

「偽の赤目小籐次様が出現したことでしたね」

「いかにもさようです。鎌倉の催しは雅《みやび》な歌人方の集い、そこに赤目小籐次の名に吸い寄せられる愚か者がおらぬとも限りませぬ。それがし、お歌合わせを愚か者の出現で騒がせとうはございませぬ。そこでここよりの道中、それがし、水野家の爺侍ということにして頂けませぬか」

「偽名で旅をなさると申されますか」

「いかにも」

「してその名は」

おりょう様、偽名までは考えておりませぬ」

おりょうの目が街道の路傍に立つ野地蔵にいった。

「野地蔵能善様ではいかがです」

「最前見られたノウゼンカズラと野地蔵様からとられましたか」

「いかがです」

「なにやらそれがし、位が数段上がった気が致します」

「あい、赤目様は野地蔵様ですよ」

おりょうがあいに言い聞かせ、自らも野地蔵様野地蔵様と言いながら覚え込もうとした。

今泉の里の鎮守、白山神社に差し掛かり、街道前に足を止めた一行は、建久二年（一一九一）に創建されたと称される本殿に向って拝礼した。

「白山神社の祭神は加賀、越前におわせられる菊理媛命《くくりひめのかみ》じゃそうな。源頼朝様が京から勧請《かんじょう》した毘沙門天《びしゃもんてん》にちなんで、今泉の毘沙門堂と呼ばれていると聞いたことがございます」

おりょうは神社仏閣の縁起に詳しく、小籐次に道中あれこれと説明してくれた。

「おお、おりょうどの、われらより先行しておられたか」

一行の背に声がして振り向くと、壮年の武家と供侍三人の主従が追いついてきた。

「これは新免理忠《としただ》様ではございませぬか」

おりょうの返答には驚きがあった。

「建長寺はもうほど近い。ご一緒致しましょうか」

「私どもは年寄りと女旅、ゆるりと参りとうございます。どうか新免様方はお先に参られませ」

「いくら夏とは申せ、そろそろ日が暮れかかりますぞ。道中なにがあってもいかぬ」

「いえ、私の連れは」

と小籐次を見たおりょうが、

「大丈夫にございます」

と言い換えた。

「女二人と年寄りの供ではおぼつかないがのう」

「どうかお先に」

新免理忠と呼ばれた四人の主従はおりょうに何度も言われて、

「ならば先行致す。鎌倉で数日おりょうどのとご一緒と思うと、それがしの胸は高鳴ってならぬ。一夕、酒など酌み交わしましょうぞ」

と武家にあるまじき言葉を残して足早に去っていった。

その背を見送っていたおりょうが、

「まさか新免様が招かれているとは」

と呟いた。

「どなた様にございますな」

「禁裏付き清水家の御番衆にございます。お歌合わせなど関心はございますまいに。あるいは主の清水様の代役でしょうか」

とおりょうが洩らした。

「おりょう様、折角旅に出られてご気分が壮快になられたのです。嫌なことは放念なさることですぞ」

「おお、そうでした」

白山神社の毘沙門堂に向い、改めて一礼した三人は円覚寺、さらに鎌倉街道を進んだ。

臨済宗円覚寺の山門前から鬱蒼《うつそう》とした木立を眺めていると、

すとん

と夏の陽が沈んで、辺りが急に暗くなった。

「野地蔵様、いささかのんびりしておりましたか、陽が落ちてしまいました」

「おりょう様、建長寺まではもはや十数町と聞いておりますれば、真っ暗になる前に到着致しましょう。ともあれ、ここからは足を止めずに参りましょうか」

小籐次は、用心のために円覚寺門前の茶店で持参の小田原提灯に灯りをもらい、点した。その灯りを頼りに歩を進めた。

左手の円覚寺の杜《もり》が一段と暗さを増した。

おりょうとあいの足元を照らす提灯を手に先頭を進む小籐次の足が、

ぴたり

と止まった。

「どうなされました、赤目様。いや、野地蔵様」

「だれぞ待ち受けておるような」

と答えた小籐次は、

「あいどの、すまぬが提灯を持ってはくれぬか」

とあいに灯りを渡した。

円覚寺の杜から姿を見せたのは褌《ふんどし》一丁の男ら四人だ。それぞれが手に息杖を構えているのを見た小籐次は、

「そなたら、戸塚宿より雇うた駕籠かきではないか。そなたらの稼ぎ場の街道からだいぶ離れておるが、なんぞ用事か」

「爺には用がねえ。年増の女と娘っ子に用がある」

「暑さに頭がおかしゅうなったか。どこぞの寺にでも籠って頭を冷やして参れ」

「爺、怪我をする前に立ち去れ」

「そなたらこそ早々に立ち去れ。今ならば許してつかわす」

「大きなことをぬかしやがって」

と四人の頭分が仲間三人を振り返って、

「大の字と小助は、女二人を森ん中に担ぎ込め。おれと鬼八が爺を叩き殺して直ぐ後を追う」

と小籐次の目の前で手配りをした。

「おりょう様、竹杖を貸して下され」

小籐次はおりょうから竹杖を借り受けると、四人に向き合った。

それを見た頭分は息杖の頭を、
そろり
と引き抜いた。なんと商売道具の息杖は仕込み杖になっていた。細身の刃が、あいが持つ提灯の灯りに煌《きら》めいて揺れた。

「兄い、あいつに渡すには勿体ねえ女だぜ。味見をしてからでいいか」

と仲間の一人がうっかりと洩らした。

「小助、口が軽いぜ。当たり前のことを言うねえ。最初からその気だ」

「さすがは兄いだ」

小助が、立ち塞がる小籐次を回り込んでおりょうに向おうとした。

その瞬間、小籐次の片手が破れ笠の縁に刺さった竹とんぼを引き抜くと、柄を指の間に挟み込み、捻り上げた。

ぶーん
と宵闇に竹とんぼが高く浮き上がり、それが不意に角度を変えて小助の顔に襲いかかった。

小助が手にした息杖で弾き落とそうとしたが、竹とんぼはそれを掻い潜り、小助の目の端から頰、鼻をざっくり斬り割って地面に落ちた。

「あ、痛たた」

小助が悲鳴を上げて、切り口から噴き出した血を両手で止めようとした。だが、両手の間から血は流れ落ちた。

「兄い、こやつ、手妻を使いやがるぜ」

地面にごろごろと転がった小助が悲鳴を上げた。

「やりやがったな。許せねえ」

頭分が仕込み杖の刃を振り翳して小籐次に躍りかかってきた。

だが、小籐次の手にはおりょうの竹杖があって、その先端が、
ぴゅっ
と突き出され、頭分の顔面を直撃した。勢いよく踏み込んできた顔面の小鼻を突き上げたのだ。

「わあっ」

と絶叫した頭分が、両足を上げて後ろ向きに地面に叩き付けられて悶絶《もんぜつ》した。

「ああっ」

と立ち竦んだ二人の仲間に小籐次が躍りかかったのは次の瞬間だ。

竹杖が突かれ、振るわれて、残りの仲間二人も地面に転がった。

「当分、駕籠も担げまい。これに懲りたら、他人に唆《そその》かされても悪さなど考えぬことだ」

小籐次の言葉が鎌倉街道に響いた。駕籠かきを唆した人物に聞かせるためだ。

「さて、ちと時を食いましたな。おりょう様、あいどの、参ろうか」

小籐次が竹杖をおりょうの手に戻し、三人は再び歩き出した。

「おりょう様」

と興奮の体で呼びかけたのはあいだ。

「私、赤目様の」

「これ、あい、その名は」

「ほんにそうでした。野地蔵様はほんにお強うございますね」

「あいは野地蔵様の技を初めて見ましたか」

「おりょう様は承知なのですか」

「いかにも、とくと承知しております。どなたが駕籠かきらを唆したか知りませぬが、野地蔵様の手にかかっては抗《あらが》う術《すべ》もございますまい」

「あいはなんだか旅が楽しみになってきました」

「あい、野地蔵様とご一緒なれば退屈など致しませぬ。こたびの道中で一つだけ残念なことは、駿太郎様をお供に加えられなかったことですよ」

「おりょう様、駿太郎がおれば旅は楽しゅうございましょうが、最前のような場合にちと厄介。こればかりは我慢して下さりませ」

そう答える小籐次の視界に建長寺の森が黒々と見えてきた。

四

建長寺は建長五年（一二五三）、北条時頼の命により蘭渓道隆《らんけいどうりゅう》が初代住職として迎えられた臨済宗建長寺派の大本山である。鎌倉五山の第一位に数えられ、山号の巨福山《こふくざん》は門前の巨福呂《こぶくろ》坂に由来していた。

創建以前の寺地は地獄谷と呼ばれる処刑場で、死者を弔う地であったとか。その霊を慰めるために伽羅陀山心平寺《きゃらださんしんぺいじ》があったが廃寺になり、地蔵堂だけが残されていた。ために、禅宗としては珍しくも地蔵菩薩《ぼさつ》を本尊としていた。

建長寺開山（初代住職）となった蘭渓道隆は、中国宋代の厳しい禅の修行をそのままに日本に、なかんずく鎌倉の地に移しかえ、建長寺が隆盛を誇った折には千人以上の修行僧を山内に迎え入れていたという。

自給自足を旨とする修行道場の建長寺では、夏でも未明の闇が支配する八つ半（午前三時）に振鈴《しんれい》の合図で雲水が一斉に起床する。

朝課の読経《どきよう》、朝餉の粥坐《しゆくざ》、山内を掃き清める日典《につてん》掃除、六つ半（午前七時）過ぎからは托鉢《たくはつ》、寺に戻ると作務、夜五つ半（午後九時）の消灯の後も夜坐《やざ》と呼ばれる屋外での坐禅が待ち受けて、修行僧が眠りに就くのは九つ半（午前一時）であった。

赤目小籐次は、天源院の禅堂の外回廊に座して、

うつらうつら

居眠りしていた。

なにしろ禅堂の中では諸国から参集した歌人がそれぞれ詠んだ和歌を講師《こうじ》が二度繰り返して詠唱する、

「お歌合わせ」

が行われ、その長閑な声に、つい眠りの世界へと誘われるのだ。

建長寺の客人である歌人らは修行僧の振鈴の音に起床する必要はないと伝えら

れていたが、宿房の襖一枚向こうにおりょうが眠っているという思いからか、振鈴の音に目を覚ました小籐次は、朝課を勤める声を聞きながら、外回廊で独り坐禅を組んだ。その後、改めて三門へ下った。

重層八脚の壮大な三門は、安永四年（一七七五）に万拙碩誼《ばんせつせきぎ》が再建したもので、小籐次の目にも新しく映った。

さらに仏殿、法堂《はっとう》と見物し、庫裡《くり》を覗き、方丈を見て、天源院に戻ると食堂《じきどう》で粥の接待を受けた。

そして、おりょうらは直ぐに三日にわたるお歌合わせに入ったのだ。

小籐次は地獄谷に開かれた建長寺のあちらこちらを見物して、再びお歌合わせが行われる回廊に戻って座しているうちに眠りに落ちた。

みんみんみん

と異様な蟬《せみ》の声が眠りに就いた小籐次の耳に飛び込んできた。

ふと目を開けると、小籐次の耳に節を抜かれた竹筒が伸ばされて、回廊下から一人の若侍が蟬の声を真似ていた。その様子を少し年配の二人の仲間が笑いながら見物していた。

「おお、これは不覚にも眠り込んでおったか」

小籐次はよだれを拳で拭い、

「そなたらも退屈をしておられるか」

と禁裏付き清水家の御番衆新免理忠の供侍に言った。

「爺、よだれを垂らして居眠りするとは、お歌合わせの方々に非礼であろう」

「いかにもさようであったな」

小籐次は禅堂に向って白髪頭を下げた。

「爺、名は」

竹筒を持った若侍が問うた。

「野地蔵能善と申す」

「なにっ、野地蔵とな。怪しげな名前、だれぞから盗んだか」

「盗みはしませぬが、曰くがないこともない」

「勿体ぶった言い方をしおって。ちと用事がある。われらに従え」

小籐次はちらりとお歌合わせの行われる禅堂の壁を見て、
ぴょん
と回廊から飛び下りた。

「どちらに参られるな」

「付いてくれば分る」

三人の後に小籐次が従うと、朝方、小籐次が訪ねた地蔵堂裏手に連れていかれた。そこは建長寺が建つ前に死者の霊を弔う場所としてあった心平寺の跡地で、処刑場の痕跡《こんせき》を留《とど》めるところであった。

夏の光がぎらぎらと地蔵堂の裏手の崖地《がけち》を照らし付けていた。それでも地蔵堂の裏手には、

「闇」

が支配して、その昔処刑された者たちの無念が漂っているように思えた。

「かような場所に呼び出したは、なんぞ理由があるのか」

「野地蔵、この場所からそうそうに去《い》ね」

「去ねとは、それがしが目障りか」

「建長寺に乞食侍はいらぬとよ」

「ほう、それはそなた方の主どのの意思と考えてよいか」

「いかにも新免理忠様の命と考えよ」

「生憎、それがしの主は北村おりょう様でな。邪《よこしま》な考えの新免なる者の命は受けられぬわ」

「爺、足腰が立たぬことになるがよいか」

「どうやら昨夜の駕籠かきを唆したは、そのほうらのようじゃな」

「爺の割には腕が立つな」

「語るに落ちるとはそのほうらよ」

「爺、新免理忠様は疳性《かんしょう》なお方、ついでに柳生新陰流の剣の腕も立たれる。新免様の手を煩わす前に消えぬか」

「それはできぬ相談じゃ」

「ならば、この地獄谷に屍を曝すことになる」

三人が剣を抜いた。

「致し方ないか」

小籐次も孫六兼元をそろりと鞘から抜き放った。

「参れ。地獄に送って進ぜよう」

「ぬかせ」

竹筒で蟬の声を小籐次の耳に送り込んできた若侍が、八双に構えた剣を斜めに落とすようにして小籐次目掛けて突っ込んできた。仲間の二人も若侍を援護して、するすると間合いを左右から詰めた。

若侍との間合いを計った小籐次も、脇構えの兼元を車輪に回しながら、死地に踏み込んだ。

雪崩れ落ちる剣と胴を狙った兼元が、ほぼ同時に相手の体に到達したかに見えた。だが寸余、小籐次の兼元が若侍の胴を撫で、刃に体を乗せるように吹き飛ばした。

「来島水軍流流れ胴斬り」

小籐次の呟きに二人の仲間が、

「うーむ」

と立ち竦んだ。

「おまえは何者か」

「かくなるうえは偽名を名乗っても致し方なかろう。赤目小籐次、江戸の人には酔いどれ小籐次とも呼ばれる」

「なにっ、酔いどれ小籐次とな」

二人の仲間の戦意が急に萎えたか、顔に怯えが走った。

「医師の許に運べば命に別状はなかろう。もっとも、もはや奉公はできぬ身と思え」

小籐次は言い放つと、兼元に血ぶりをくれて地蔵堂の裏手から表へと戻った。

建長寺天源院禅堂のお歌合わせから新免理忠の姿が消えた。そのせいか、おりょうはのびのびと、諸国から鎌倉に参集した歌人方とお歌合わせの二日目を楽しんだ。

そんな中、小籐次は禅堂の外回廊に座して、竹片を小刀で削りながら、竹とんぼや風車を作って時を過ごした。

時には、あいが宿坊から回廊まで姿を見せて、小籐次が竹細工をする脇であれこれと談笑しながら過ごした。

お歌合わせの最終日、詠まれた全作の中からいくつかが秀作として選ばれたか、再び詠み上げられ、禅堂が静かな感動に包まれた。そして、参集した歌人方四十余人が禅堂から姿を見せた。

「終わりました」

おりょうが小籐次とあいの座す回廊に来ると告げた。

小籐次はおりょうの顔に初めて見る充足の想いを確かめた。

「楽しまれたようにお見受け致す、おりょう様」

「お陰さまで、私の行く道が見えたように思います」

「それはよかった」

小籐次が答えると、建長寺の木立をざわざわと揺らして風が吹いてきた。すると小籐次が作って、回廊の板の隙間に立てていた、何十もの風車がからからと回った。

「北村おりょう様」

と声がして宗匠姿の老人が立っていた。

「千利宋《せんのりそう》様、世話方のお役、ご苦労さまでございます」

おりょうが丁寧に腰を折って、お歌合わせを主催した茶人にして歌人の千利宋を労った。

「おりょう様はさすがに舜藍様の血を引いておられます。秀作五首のうち二つをお取りになった」

「千利宋様、私自身が驚いております。このようなことがあってよいものでしょうか」

「もはや歌の道に進まれるしかございますまい」

千利宋の言葉におりょうは頷けないでいた。

そのとき、再び風車がからからと鳴った。

千利宋の目が風車に行き、

「お手前が拵えられたか」

「お歌合わせを禅堂の壁越しに聞きながら手慰みに作り申した」

千利宋が一つを板の間から外して風車を見ていたが、

「竹片でこれほど繊細な風車を作られるとは驚きました。このかたちといい、回り具合といい、手慰みとは呼べませぬな」

「千利宋様、赤目小籐次様にございます。またの名を酔いどれ小籐次様とも呼ばれております」

「なんと申されましたな、おりょう様。天下に名高い御鑓拝借の赤目小籐次様やて」

思わず京訛りで千利宋が応じて、庭に散っていたお歌合わせの参加者が寄ってきた。

「ご覧なされ。北村おりょう様のお連れは、主君の恥辱をお一人で雪がれた赤目小籐次様ですぞ」

「おおっ」

というどよめきが起こり、風車が歌人の手から手に渡って感嘆された。

「どうでございましょう、赤目様。この風車、鎌倉土産にお渡ししてはいけませぬか」

おりょうの申し出に小籐次が、

「子ども騙しでよければ、ご自由にお持ち下され」

「これはなによりの土産にございますよ」

と千利宋が応じ、上方から来たと思える宗匠が、

「おりょう様、どうでっしゃろ、風車の羽根に赤目小籐次様のお名前を記してもらえませんやろか。一段と鎌倉土産に箔《はく》が付くこと請け合いどす」

千利宋らの目がおりょうを、小籐次を見た。

「それがし、能筆の皆様方の前で筆をとるなど恥ずかしゅうござる」

と固辞する傍らでおりょうが動いた。

「どうでしょうか。この風車の羽根に皆様お一人おひとりが自薦の和歌を書かれ、互いに交換するというのは」

「おお、それはよい考えにございますぞ」

お歌合わせに参加した歌人らが一斉に、小籐次が手作りした風車を取り上げ、

自ら詠んだ和歌を認《したた》めた。そして、中の一人が小籐次のところに持参して、

「どうでっしゃろ、この和歌の傍らに酔いどれ小籐次と書き加えてくれしまへんか」

と願った。

小籐次がおりょうを見た。笑みを浮かべたおりょうが、

「皆様の楽しみ、お応えなさいませ」

と命じたものだ。

「かな釘《くぎ》流にございまして、皆様のお歌を汚しましょうに」

覚悟を決めた小籐次は羽根の一枚一枚に、

「酔いどれ小籐次作」

と名を記すことになった。

「北村おりょう様、思いがけなくも互いがこの風車に鎌倉禅堂で詠んだ和歌を認《したた》め、国への土産とすることができました。赤目様にお礼を申しますぞ」

主催者の千利宋に感謝されて、小籐次はいささか恥ずかしい思いを抱いた。

その日の内に、おりょうの一行は北鎌倉の建長寺宿坊から若宮大路の旅籠《はたご》に宿

を移した。

おりょうは江戸を発《た》つときから、お歌合わせが無事に終わったら、鎌倉に宿を移して、小籐次に鎌倉見物をさせて旅の同行を労うつもりだったのだ。

旅籠の二階座敷には由比ヶ浜《ゆいはま》の潮騒が響いてきた。まだ夏の光は若宮大路に長く影を作っていた。

「赤目様、相模《さがみ》の海に落ちる夕陽を見に参りませぬか」

旅仕度を解いたおりょうに誘われて、小籐次とあいは再び旅籠の草履に履き替えて滑川《なめりがわ》沿いに海に下った。すると、日輪が海の向こう、伊豆の山へと落ちようとしていた。

海と山を黄金色に染める残照はなんとも荘厳で、三人は無言の裡《うち》に時の流れに身を委《ゆだ》ねていた。

「赤目様、鎌倉に参ってようございました」

おりょうの声が感激に震えていた。

「かような日没は江戸では見られませぬでな」

「そういう意味ではございませぬ」

「どのようなことにございますか」

「秘密にございます」

「胸に秘めて江戸にお戻りか」

小籐次はそう答えながら、

（おりょう様は新しく行く道を得られたようだ。それは歌人の道ではあるまいか）

と推量していた。

二人から少しばかり離れたところで落ちゆく日没の光を見ていたあいが、

「あっ」

と驚きの声を上げた。

小籐次があいを見ると、黒い影が三つ、あいに迫ろうとしていた。

「新兎理忠様」

おりょうの口から驚きの声が洩れた。

小籐次があいの許へ走ると、おりょうも従ってきた。

「そのほうら、江戸に戻ったのではなかったか」

「野地蔵などと偽名を使いおって。赤目小籐次なるおいぼれ侍ではござらぬか、おりょうどの」

「新免様、それがどうかなされましたか」

「そなたがお歌合わせに参加すると聞いたで鎌倉まで足を延ばし、おもしろくもない座に一日座っておったわ。そのうえ、家来が怪我をさせられたと聞いては、新免理忠の体面が保てぬ」

「ご家来衆が怪我をなされたのは、赤目様を呼び出して乱暴をなさろうとされたからです」

「おりょうどの、この新免理忠、思うたことはやり通す」

と言い放った新免が、海と山とを濁った血の色に染めた残照に、

ぎらり

と刀を抜き放った。

「無粋者めが」

小籐次の口からこの言葉が洩れた。

「おりょう様、あいどの、それがしの背後に下がっておられよ」

二人の女が小籐次の背から離れる気配があった。

柳生新陰流の遣い手という新免が、正眼の構えで間合いを詰めてきた。草鞋が砂を擦る音が、

ずりずり
と小籐次の耳に響いて、間合いが半間に詰められた。

「そなた、禁裏付きの主持ちじゃそうな。もはや奉公は叶わぬと思え」

小籐次の挑発に、

「ぬかせ」

と呟いた新免が正眼の剣を一旦胸前に引き付けて、息を止めた。

ふわり
と殺気が小籐次へと押し寄せてきた。

小籐次も踏み込んだ。

胸前に引き付けられた新免の剣が小籐次の喉元に迫って伸びてきた。

残照を映した切っ先を凝視しながら踏み込んだ小籐次の孫六兼元が、鞘走った。

一気に抜きあげられた兼元が、突っ込んでくる新免の剣を握った右手首の腱《けん》を斬り裂いて横手を駆け抜けた。

「ああ」

という悲鳴を上げた新免理忠の手から剣が、
ぽろり

と砂に落ちた。

「もはや剣は握れぬ」

そう宣した小籐次は茫然自失する家来二人に、

「そなたら、もはや医師がどこに住もうておるか承知しておろう。直ぐに運ばぬと右手を失うことになるぞ」

と告げ、おりょうとあいを伴い、砂浜から若宮大路に戻った。すると、常夜灯の灯りに興奮の色を浮かべたおりょうが、

「駿太郎様への土産を買い求めねばなりませんね」

と小籐次に呟くように言ったものだ。

巻末付録

建長寺で坐禅体験

文春文庫・小籐次編集班

本作第五章で小籐次とおりょうが訪れる建長寺。建長五年（一二五三）創建。臨済宗建長寺派の大本山。鎌倉五山第一位。今も多くの人々が参拝する北鎌倉の名刹だ。

建長寺開山（初代住職）となった蘭渓道隆は、中国宋代の厳しい禅の修行をそのままに日本に、なかんずく鎌倉の地に移しかえ、建長寺が隆盛を誇った折には千人以上の修行僧を山内に迎え入れていたという。（本文より）

日本初の禅宗道場でもある建長寺は、創建以来、長らく修行僧たちの研鑽の場となってきた。また、毎週金・土曜には、一般の人々を対象にした約一時間の「坐禅会」も開かれている。

「……らしいんだけど」

「ハイ、やります！　やりたいです」

と、こちらの言葉が終わるのを待たず、勢い込んで返事したのは、小社営業部員K君。昨年、『孫六兼元』巻末付録にて高尾山の琵琶滝で滝行を敢行し、名を上げた勇者だ。

実はK君、今は小籐次担当を離れ、別の業務に東奔西走しているのだが、小籐次シリーズには変わらず熱い思いを抱き続け、折に触れ佐伯泰英さんにもお目にかかっている。その巨軀に、妻子および数多の小市民的煩悩を背負う三十六歳。滝行を経て、いっときは澄みきった目を獲得したように見えたが、再び修行を志願するとは、またぞろ何か新たな煩悩にとりつかれたのか？

「いや～、世に煩悩のタネは尽きまじ、といいますかね。どっちに打ってもバンカーにつかまる（ゴルフの悩み）とか、ツモが悪い（麻雀の悩み）とか、そもそも配牌が悪い（同）とか、酒場でモテない（女性関係の悩み）とか……。生きてるといろいろあるんスよね」

仕事の悩みはないのか。

季節外れの暖かさに恵まれた二月某日の昼下がり、歩く煩悩・K君と、その修行ぶりを見届けんとする物見高い者たちが、鎌倉駅前に集合した。編集Mこと筆者、酒豪編集者B子、そして小籐次シリーズ装画担当の横田美砂緒さん。読者諸賢にはもはやお馴染みの面々だ。

建長寺は鎌倉駅東口から徒歩三十分といったところ（直接行くなら北鎌倉駅からのほうが近い）。鎌倉のメインストリート、若宮大路に並行して北東に走る小町通りは、平日にもかかわらず、原宿の竹下通りもかくやという賑わいだ。飲食店、甘味処、お土産屋などが軒を連ね、遠足中とおぼしき制服姿の中高生たちの歓声が響く。冬晴れの空には何羽ものトビが旋回している。女子高生が手に持つソフトクリームでも狙っているのだろうか。

K君は待ち合わせの間、奥様心づくしの弁当を食べていたという。前回は滝行で今回は坐禅。うちのダンナの業務は一体何、と奥様は思っていることだろう。

「煩悩を捨てるいい機会ね、と歓迎されましたよ。でも、嫁は何のことを言ってるんだろう。何か知ってるのかな……」

と思案顔のK君。心当たりは一つ二つではなさそうだ。

小町通りを五〇〇メートルほど歩き、店が途切れたところで右折すると、そこは日本三大八幡宮のひとつ、鶴岡八幡宮の大鳥居だ。

鶴岡八幡宮の起源は康平六年（一〇六三）と、建長寺より更に二百年近くさかのぼる。現在の本宮は文政十一年（一八二八）、徳川十一代将軍・家斉が造営したもの。小籐次が鎌倉を訪れた九年後だ。代表的な江戸建築として、国の重要文化財に指定されている。

参道と本宮の間にあるのが、見上げるような六十一段の大石段。建保七年（一二一九）、鎌倉幕府三代将軍・源実朝が、公暁に襲われ命を落とした現場だ。公暁が待ち伏せていたという伝説をもつ大イチョウは、二〇一〇年、強風により根本近くから折れてしまった。

大石段の脇から鎌倉街道に抜け、数百メートル歩くと、建長寺が見えてくる。総門で拝観料を支払うと、眼前に見えるのは巨大な三門。


重層八脚の壮大な三門は、安永四年（一七七五）に万拙碩誼が再建したもので、小籐次の目にも新しく映った。


飾り気のない、銅板葺きの二重門。質実剛健という言葉がふさわしい、堂々たる構えだ。早速、横田美砂緒さんがスケッチブックを取り出す。

三門とは三解脱門の略。空・無相・無作を表し、ここをくぐることによってあらゆる執着から解き放たれる……と案内板にある。それをやけに感じ入った様子で眺めるK君。

三門を抜けると、右に見えるのは嵩山門。そこから先は修行道場につき立ち入り禁止だ。今も多くの若い修行僧たちが、日々過酷な修行生活に没頭しているのだろうか。

仏殿、法堂をすぎ、閉じられたままの唐門を横目に大玄関で靴を脱ぎ、正面の部屋に入る。まずはここで写経をする。志納金千円で、自由に写経体験ができるのだ。

用意されているのは下敷き、文鎮、筆ペン。そして薄く経典が印刷された和紙二種。どうも近頃腰痛が辛い筆者は、所要時間二十分という「延命十句観音経」を選ぶ。

「観世音 南無仏」に始まる四十二文字の短い経典。意味はサッパリわからないながらも、一心不乱に文字をなぞっていると、いつしか心が落ち着いてくるから不思議なものだ。前に座る横田さんと編集B子は、所要時間一時間の般若心経に挑戦。微動だにせず右手のみが動いている。覗き見ると横田さんのほうがはるかに進行が早い。普段のスケッチも筆ペンですするという筆ペンマイスターぶりが、いかんなく発揮されているようだ。

一足早く写経をすませた筆者は、K君と北に伸びる小径に足を向けてみる。放課後のクラブ活動だろうか、隣接する鎌倉学園の生徒たちがジョギングで追い抜いていく。少々歩くと、正面に見えるのは天源院。

赤目小籐次は、天源院の禅堂の外回廊に座して、
うつらうつら
居眠りしていた。
なにしろ禅堂の中では諸国から参集した歌人がそれぞれ詠んだ和歌を講師が二度繰り返して詠唱する、

参拝者を迎える三門。小籐次も同じ偉容を仰ぎ見たはずだ

「お歌合わせ」
が行われ、その長閑な声に、つい眠り
の世界へと誘われるのだ。

そう、おりょうさんが参加したお歌合わせが行われ、小籐次が居眠りしていたあの場所だ。なるほど、駅前の喧噪を忘れるような、静かな佇まい。ぜひ我々も回廊で長閑なひとときを過ごしてみたかったが、門には「KEEP OUT」の立て札が立っている。一礼をして引き返すことにする。

時刻は午後四時半。坐禅会は五時からなので、そろそろ向かおう。

坐禅会の会場は龍王殿。畳敷きの大広間だ。坐禅会に参加するには特に予約の必要はなく、十五分前までに集合すればよい。

坐禅会にはK君だけが参加。我々は見届け人だ。広間には数人、先客がおり、あちらこちらで坐禅を組み、精神統一を図っている。次から次へと参加者がやって来て、勝手知ったるふうに坐布《ざぶ》を一枚取り、場所を確保していく。

少々気圧された様子のK君の背中を押すと、彼は恐る恐る広間に入っていった。隅っこに腰を下ろし、百円で購入した「坐禅の手引き」という冊子に目を落としている。おもむろに靴下を脱ぎ始めた。「坐禅は裸足でするものです」とでも書いてあったか。

定刻の五時。すでに二十名以上が集まっているが、しわぶきひとつ立たない。お坊さんが入場。外回廊からスケッチしていた横田さんと我々は、「そろそろ時間ですので……」と退場を促される。あとはK君に任せよう。

外に出たところで、建長七年（一二五五）につくられたという梵鐘（国宝）が五時を告げた。夕闇が迫る。さすがに冷えてきた。遠くから聞こえていた鎌倉学園の生徒たちの声もいつしかやみ、しんとしている。鎌倉駅まで戻り、駅前の喫茶店でK君の帰還を待つことにする。

あの滝行を成し遂げた男のこと、坐禅などものの数ではないでしょ、などと呑気に話しながら待つこと一時間余……。我々の前にニコニコ顔で現れたK君から、意外な言葉が発せられた。

「いや〜、しんどかったッス。もう駄目かと思いました」

半跏趺坐を試みるＫ君（横田美砂緒・画）

以下、Ｋ君のリポートをお送りする。

私が入場したとき、すでに十人ほどの方々が坐禅中。みなさん、姿勢正しく自分の世界に没頭、否、早くも無の境地へ到達していると見受けました。

私も坐布を一枚取り、見よう見まねで坐禅を開始しようと思ったところ……、右足を左足のももに、左足を右足のももに乗せる、「結跏趺坐《けっかふざ》」の姿勢がどうしてもできないのです。

九〇キロ近い体重に加えて、モデルさんのウエスト並みに太いもも、極めて柔軟性に乏しいボディ――暴飲暴食の果てにつくり上げた、煩悩にまみれたこの身体。やむを得ず、片方の足のみをももに乗せる「半跏趺坐《はんかふざ》」で臨むことにしました。この先一時間の修行、相当過酷なものになりそうだ……。

定刻、橙色の袈裟をまとった、徳の高そうなお坊さんが登場。坐禅の説明を始めます。

――手は、左手を自然に足の上に置き、右手をその上に乗せて両手を組む。

姿勢が大事。上体を前方に傾け、お尻を後ろに突き出す。お腹を前に出す感覚である。背骨をまっすぐに伸ばし、肩の力は抜く。あごは軽く引き、上下の歯を軽く合わせて目は半開き。目を瞑ると雑念が現れて眠ってしまい、目を開けると周りが気になる。

呼吸は腹式呼吸。鼻からゆっくり、お腹に届くように吸い込み、静かに吐き出す。

坐禅中は臍下丹田《せいかたんでん》に気を集中させ、雑念を振り払うこと。無の境地に至り、この空間、宇宙と一体の感覚になる。

警策を受けたいときは合掌する。まず互いに合掌して礼。両手をそれぞれ反対側の手の二の腕にあてがい、深く前にかがみ頭も深く下げる。受け終わったあと、もう一度互いに合掌――。

イメージとは違い、建長寺の警策は前から受けます。また、お願いして受けるものだと初めて知りました。動いたり、雑念がよぎった修行者への罰としてではなく、励ましの意味があるそうです。

開始五分。背筋を伸ばして、あごを引く――細かい説明をいただいたものの、あまりの苦しさにまったく集中できません。右足親指の付け根がつってきたのです。何とかバレないように親指を伸ばして事なきを得たのも束の間、今度は同じく右足のふくらはぎがつり始めました。これもバレないよう伸ばしたところで、左足のももの裏がピキピキとイヤな感覚。もう、完全にパニックです。早くも今年最大のピンチ。

その瞬間、目の前を若いお坊さんが通りかかったので、合掌し警策を求めました。励ましてほしいわけでもなく、活を入れてほしいわけでもなく、前傾姿勢になって、ももの裏の痙攣をやり過ごすためです。ごそごそと不自然な前かがみで警策を受けると、痙攣はなんとか治まりました。

一難去ってまた一難。右足の痺れが限界に達しました。見ると右足は白く変色。もはや半跏趺坐は限界と判断、胡坐《あぐら》に移行しました。複数箇所の足のつりと痺れを同時に経験したのは人生初です。無の境地、宇宙と一体どころか、火事場で降りかかる火の粉をよける感覚。趣旨とはまったく違いますが、これも修行といえましょう。

……お坊さんの「終わりです。講話をするので、前に集まってください」の声。おそらく四十分間ほどでした。体感的には五時間。ボロボロの足をゆっくり、じっくり伸ばし、乾燥ワカメを茹でるように、血液を循環させ、生き返らせます。

お坊さんの話。

「苦しいときは大いに苦しみ、楽しいときは大いに楽しむといい。しかし人間には執着や欲望があり、苦しいときは逃れたい、楽しいときはずっと続くようにと願うものである。

その執着にとらわれないための練習が、禅の修行である。私は夏の日に禅を組めば、時を忘れ、気がつけば汗をびっしょりとかいている。冬の日ならば寒さも忘れて没頭する。

苦しみや悲しみは逃れようとする執着から生まれるのであって、自らを省みて、深くその感情を受けきることができれば、心が安らかになるはずである」

ここでちょっと質問をしてみる。

「執着しないほうがよいということは、目標をもたず、日々淡白に生きていくべきということでしょうか？」

「それではただの馬鹿者でしょう。目標を持つのは大切であり、それをやりぬくことはもっと大切である。その目標から逃れようとするのが執着というものである」

――怠惰な自分を見透かされてしまった。目標すら持たない自分とはなんと浅ましいのであろうか……。精進いたします。

帰宅する横田さん、B子とは途中で別れ、K君と筆者は社に戻る。会社近くの中華料理屋で慰労会。厳しい修行をこなした達成感からか、いつにも増してK君の口が回る。

「今回は、身体が悲鳴を上げ、修行の入口にすら立てないという醜態をさらしてしまいました。が、ありがたい講話を拝聴し、日々の苦しさの理由が分かったような気がします。

省みれば、苦しいときや悲しいときは逃れるように暴飲暴食したものです。でもそんな僕も今日まで。明日からはどんな苦しさや悲しみも受けきってみせますよ、ええ。
……それはそうとMさん、この餃子、旨いですね。もう一枚もらいましょう。酎ハイも沁みるなあ。もう一杯頼んでいいスか」

【建長寺公式ページ】http://www.kenchoji.com/

本書は『酔いどれ小籐次留書　偽小籐次』（二〇〇九年二月　幻冬舎文庫刊）に
著者が加筆修正を施した「決定版」です。

DTP制作・ジェイ　エスキューブ

文春文庫

偽《にせ》小《こ》籐《とう》次《じ》

酔《よ》いどれ小籐次《ことうじ》（十一）決定版《けつていばん》

定価はカバーに表示してあります

2017年4月10日　第1刷
2025年3月5日　第2刷

著　者　佐《さ》伯《えき》泰《やす》英《ひで》
発行者　大沼貴之
発行所　株式会社 文藝春秋

東京都千代田区紀尾井町3-23　〒102-8008
TEL 03・3265・1211
文藝春秋ホームページ　https://www.bunshun.co.jp

落丁、乱丁本は、お手数ですが小社製作部宛お送り下さい。送料小社負担でお取替致します。

印刷製本・TOPPANクロレ

Printed in Japan
ISBN978-4-16-790833-1

酔いどれ小籐次

新・酔いどれ小籐次

① 神隠し《かみかくし》
② 願かけ《がんかけ》
③ 桜吹雪《はなふぶき》
④ 姉と弟《あねとおとうと》
⑤ 柳に風《やなぎにかぜ》
⑥ らくだ
⑦ 大晦り《おおつごもり》
⑧ 夢三夜《ゆめさんや》
⑨ 船参宮《ふなさんぐう》
⑩ げんげ
⑪ 椿落つ《つばきおつ》
⑫ 夏の雪《なつのゆき》
⑬ 鼠草紙《ねずみのそうし》
⑭ 旅仕舞《たびじまい》
⑮ 鑓騒ぎ《やりさわぎ》

⑯ 酒合戦　さけがっせん
⑰ 鼠異聞　ねずみいぶん 上
⑱ 鼠異聞　ねずみいぶん 下
⑲ 青田波　あおたなみ
⑳ 三つ巴　みつどもえ
㉑ 雪見酒　ゆきみざけ
㉒ 光る海　ひかるうみ
㉓ 狂う潮　くるうしお
㉔ 八丁越　はっちょうごえ
㉕ 御留山　おとめやま
㉖ 恋か隠居か　こいかいんきょか

酔いどれ小籐次〈決定版〉

① 御鑓拝借　おやりはいしゃく
② 意地に候　いじにそうろう
③ 寄残花恋　のこりはなよするこい
④ 一首千両　ひとくびせんりょう
⑤ 孫六兼元　まごろくかねもと
⑥ 騒乱前夜　そうらんぜんや
⑦ 子育て侍　こそだてざむらい
⑧ 竜笛嫋々　りゅうてきじょうじょう
⑨ 春雷道中　しゅんらいどうちゅう
⑩ 薫風鯉幟　くんぷうこいのぼり
⑪ 偽小籐次　にせことうじ
⑫ 杜若艶姿　とじゃくあですがた
⑬ 野分一過　のわきいっか
⑭ 冬日淡々　ふゆびたんたん
⑮ 新春歌会　しんしゅんうたかい
⑯ 旧主再会　きゅうしゅさいかい
⑰ 祝言日和　しゅうげんびより
⑱ 政宗遺訓　まさむねいくん
⑲ 状箱騒動　じょうばこそうどう

小籐次青春抄

品川の騒ぎ・野鍛冶《のかじ》

居眠り磐音

居眠り磐音〈決定版〉

①陽炎ノ辻《かげろうのつじ》
②寒雷ノ坂《かんらいのさか》
③花芒ノ海《はなすすきのうみ》
④雪華ノ里《せっかのさと》
⑤龍天ノ門《りゅうてんのもん》
⑥雨降ノ山《あふりのやま》
⑦狐火ノ杜《きつねびのもり》
⑧朔風ノ岸《さくふうのきし》
⑨遠霞ノ峠《えんかのとうげ》
⑩朝虹ノ島《あさにじのしま》
⑪無月ノ橋《むげつのはし》
⑫探梅ノ家《たんばいのいえ》
⑬残花ノ庭《ざんかのにわ》
⑭夏燕ノ道《なつつばめのみち》
⑮驟雨ノ町《しゅううのまち》
⑯螢火ノ宿《ほたるびのしゅく》
⑰紅椿ノ谷《べにつばきのたに》
⑱捨雛ノ川《すてびなのかわ》
⑲梅雨ノ蝶《ばいうのちょう》
⑳野分ノ灘《のわきのなだ》
㉑鯖雲ノ城《さばぐものしろ》

㉒ 荒海ノ津 あらうみのつ
㉓ 万両ノ雪 まんりょうのゆき
㉔ 朧夜ノ桜 ろうやのさくら
㉕ 白桐ノ夢 しろぎりのゆめ
㉖ 紅花ノ邨 べにばなのむら
㉗ 石榴ノ蠅 ざくろのはえ
㉘ 照葉ノ露 てりはのつゆ
㉙ 冬桜ノ雀 ふゆざくらのすずめ
㉚ 侘助ノ白 わびすけのしろ
㉛ 更衣ノ鷹 きさらぎのたか 上
㉜ 更衣ノ鷹 きさらぎのたか 下
㉝ 孤愁ノ春 こしゅうのはる
㉞ 尾張ノ夏 おわりのなつ
㉟ 姥捨ノ郷 うばすてのさと
㊱ 紀伊ノ変 きいのへん
㊲ 一矢ノ秋 いっしのとき
㊳ 東雲ノ空 しののめのそら
㊴ 秋思ノ人 しゅうしのひと
㊵ 春霞ノ乱 はるがすみのらん
㊶ 散華ノ刻 さんげのとき
㊷ 木槿ノ賦 むくげのふ
㊸ 徒然ノ冬 つれづれのふゆ
㊹ 湯島ノ罠 ゆしまのわな
㊺ 空蟬ノ念 うつせみのねん
㊻ 弓張ノ月 ゆみはりのつき
㊼ 失意ノ方 しついのかた
㊽ 白鶴ノ紅 はっかくのくれない
㊾ 意次ノ妄 おきつぐのもう
㊿ 竹屋ノ渡 たけやのわたし
51 旅立ノ朝 たびだちのあした

新・居眠り磐音

① 奈緒と磐音 なおといわね
② 武士の賦 もののふのふ
③ 初午祝言 はつうましゅうげん
④ おこん春暦 おこんはるごよみ
⑤ 幼なじみ おさななじみ

十番勝負

〈空也十番勝負 決定版〉

一 声なき蟬（上）（下）

二 恨み残さじ

三 剣と十字架

四 異郷のぞみし

五 未だ行ならず（上）（下）

坂崎磐音の嫡子・空也。
十六歳でひとり、武者修行の
旅に出た若者が出会うのは―。

文春文庫　佐伯泰英の本

女性職人を主人公に
江戸を描く【全四巻】

照降町四季《てりふりちょうのしき》

画＝横田美砂緒

一　初詣で《はつもうで》

二　己丑の大火《きちゅうのたいか》

三　梅花下駄《ばいかげた》

四　一夜の夢《ひとよのゆめ》

日本橋の近く、照降町に戻ってきた
女性職人・佳乃。文政12年の大火に
焼き尽くされた江戸から立ち上がる
人々を描く勇気と感動のストーリー。

文春文庫　佐伯泰英の本

柳橋の桜《やなぎばしのさくら》

佐伯泰英

全四巻

画＝横田美砂緒

すけだちかぎょう

佐伯泰英

助太刀稼業シリーズ

剣か、金か。若武者の奮闘!

画・横田美砂緒

（　）内は解説者。品切の節はご容赦下さい。

藤沢周平
隠し剣孤影抄
剣客小説に新境地を開いた名品集〝隠し剣〟シリーズ。剣鬼と化し破牢した夫のため捨て身の行動に出る人妻、これに翻弄される男を描く「隠し剣鬼ノ爪」など八篇を収める。（阿部達二）
ふ-1-38

藤沢周平
海鳴り（上下）
心が通わない妻と放蕩息子の間で人生の空しさと焦りを感じる紙屋新兵衛は、薄幸の人妻おこうに想いを寄せ、闇に落ちていく。人生の陰影を描いた世話物の名品。（後藤正治）
ふ-1-57

藤井邦夫
恋女房
新・秋山久蔵御用控（一）
〝剃刀〟の異名を持つ南町奉行所吟味方与力・秋山久蔵が帰ってきた！　嫡男・大助が成長し、新たな手下も加わってスケールアップした、人気シリーズの第二幕が堂々スタート！
ふ-30-36

藤原緋沙子
切り絵図屋清七
ふたり静
絵双紙本屋の「紀の字屋」を主人から譲られた浪人・清七郎は、人助けのために江戸の絵地図を刊行しようと思い立つ。人情味あふれる時代小説書下ろし新シリーズ誕生！（縄田一男）
ふ-31-1

藤原緋沙子
岡っ引黒駒吉蔵《くろこまのきちぞう》
甲州出身、馬を自在に操る吉蔵が、江戸で岡っ引になり大活躍。ある日町を暴走する馬に飛び乗り、惨事を防ぐ。怪我人がいないか調べるうち、板前の仙太郎と出会うが……。新シリーズ！

ふ-31-7

藤原緋沙子
花鳥
生類憐れみの令により、傷ついた小鳥を助けられず途方に暮れていた少女を救ったのは後の六代将軍家宣だった。七代将軍家継の生母となる月光院の人生を清冽に描く長篇。（菊池　仁）
ふ-31-30

万城目　学
とっぴんぱらりの風太郎（上下）
関ヶ原から十二年。伊賀を追われ京で自堕落な日々を送る〝ニート忍者〟風太郎。行く末は、なぜか育てる羽目になった「ひょうたん」のみぞ知る。初の時代小説、万城目ワールド全開！

ま-24-5

（　）内は解説者。品切の節はご容赦下さい。

江戸の夢びらき
松井今朝子
命を燃やすが如き〈荒事〉によって歌舞伎を革新し、民衆から信仰のような人気を得た初代・市川團十郎はなぜ舞台上で刺殺されたのか。その謎多き生涯に迫る圧巻の一代記。（岸田照泰）
ま-29-4

江戸に花咲く
宮部みゆき・諸田玲子・西條奈加
高瀬乃一・三本雅彦
時代小説アンソロジー
練達のベテランから気鋭の若手まで、人気作家が〈江戸の祭り〉をテーマに競作！　宮部みゆき「三島屋変調百物語」シリーズの新作「氏子冥利」など、時代小説の醍醐味が味わえる一冊。
み-17-61

楚漢名臣列伝
宮城谷昌光
秦の始皇帝の死後、勃興してきた楚の項羽と漢の劉邦。覇を競う彼らに仕え、乱世で活躍した異才・俊才たち。項羽の軍師・范増、前漢の右丞相となった周勃など十人の肖像。
み-19-28

三国志外伝
宮城谷昌光
「三国志」を著したのは、諸葛孔明に罰せられた罪人の息子だった（「陳寿」）。匈奴の妾となった美女の運命は（「蔡琰」）。三国時代を生きた、梟雄、学者、女性詩人など十二人の生涯。
み-19-35

孔丘
宮城谷昌光
（上下）
春秋時代、魯に生を享けた孔丘は詩と礼を愛する青年となる。三十で官途を辞し教場を開き、五十五で故国を逐われ弟子達と諸国を放浪する。儒教の祖の生涯を描く大河小説。（平尾隆弘）
み-19-47

千里の向こう
簑輪　諒
龍馬とともに暗殺された中岡慎太郎。庄屋の家に生れた生真面目で理屈っぽさが取り柄のいごっそう（頑固者）は、魑魅魍魎が蠢く幕末の世で何を成し遂げたのか？　稀代の傑物の一代記。
み-59-2

おんなの花見
宮本紀子
煮売屋お雅 味ばなし
お雅が営む煮売屋・旭屋は、持ち帰りのお菜で人気。気難しい差配、常連客の色恋、別れた亭主……様々な騒動に悩まされながらも、お雅は旬なお菜を拵え、旭屋を逞しく切り盛りする。
み-61-1